寫給天堂媽媽的情書

「母親節追思」合作夥伴——著
林以庭——譯

亡き母への手紙

邂逅輕柔擁抱心靈的一封信

「媽媽，謝謝您。」

「媽媽，對不起。」

寫給已逝母親的信中，總是交織著各式各樣的複雜情感，字裡行間流露出寫信者對於母親的感謝、歉疚、憤怒、後悔，抑或自身的孤寂感。一旦開始閱讀，轉眼間就會受到這些情感所影響，每一篇內容都令人感同身受，心頭像是被猛然揪緊般顫簸不已。

不過，這樣的狀態會隨著閱讀完而感到舒暢，心情也變得平穩沉靜。這些信件，彷彿溫暖而輕柔地包覆起讀者的心。

想讓更多人有機會閱讀這些觸動人心的信件、讓更多人品嘗感動的滋味，正是我企劃這本《寫給天堂媽媽的情書》的契機。

「母親節追思書信徵文大賽」（由「母親節追思」合作夥伴舉辦）起始於二〇一八年。在二〇一八年以及二〇一九年兩次徵文大賽中，共募集超過三千封信，並從中謹慎挑選出五十封信，集結成書（書中記載的作者名均為筆名，年齡則依寫作當下為準）。

有人「回憶遙遠的那一天」，有人沉浸在「猝不及防的離別」之悲傷中，遲遲無法振作。失去摯愛的大多數人，吐露「至今仍後悔莫及」的告白，也有不少人在「沒有維持良好關係」的狀態下就被死亡拆散，而感到懊悔。

另一方面，在一些信件中，則充滿了「和已故的您越來越像」之喜悅，以及「致宛若母親的那個人」之感謝。

最後，信件的作者們「從悲傷之中邁出步伐」，勇敢迎向未來的模樣，肯定會為讀者們帶來勇氣。

搭配這些書信，我們邀請演員草刈正雄擔任第二屆「母親節追思書信徵文大賽」的評選委員長，並請教了他與亡母的回憶。草刈先生在單親家庭中長大，與母親之間的羈絆比其他人更加深厚。他一邊回憶與母親共度的生活，一面談起現在的心境：「即使到現在，母親仍在無形間支持著我、幫助著我。」

在閱讀這些投稿書信時，會發現有很多人正在失去摯愛的悲慟中，尋找重新振作的開端。我們為此特別採訪了上智大學喪慟關懷研究所特任所長高木慶子教授。高木教授是一名面對過各式悲痛（喪慟），接觸並關懷過許多個案的專家，她對於悲傷這個情緒本身，抱持著肯定的態度，認為是「極其自然且正常」的一件事，同時也提供「如何克服悲傷」的建議。

克服悲傷這件事當然沒有辦法用一句話簡單帶過，只是希望當讀者們在煩惱「該怎麼做才好？」、「有沒有什麼求助的管道呢？」時，這本書可以稍微派上用場。

在現今的時代，家庭結構和親子關係已不如從前單純，向彼此傳達心意的方式也不再那麼圓融。我衷心期盼，這本書能成為一個小小的契機，讓母親還在世的讀者們，重新思考「自己與母親的關係」和「母親的存在」。

如果大家能將自己的想法傳達給對方、好好整理自己的心情，並同時感受到「寫信是一件很有意義的事」的話，將是我最大的喜悅。

二〇一九年八月　盂蘭盆節前

書籍企劃　佐藤俊郎

目次

三・至今仍後悔莫及

四·和已故的您越來越像

七・從悲傷之中邁出步伐

回憶遙遠的那一天

家書 1

媽媽的淚水

和津（男性65歲・京都府）

2019年銅賞
獲獎作品

媽媽第一次在我面前流下的淚水，很令人心痛。

那是發生在我國小五年級時的事。

即使是戰後二十年，我們家的生活依舊貧困，甚至連想喝果汁或汽水都很困難，最多用果汁粉摻水攪和已是極限。我的童年時期，一直渴望、但缺乏著的，正是甜甜的滋味。

我和哥哥在苦思下，決定偷偷潛入鎮上酒莊的倉庫，因為倉庫裡，肯定堆滿了尚未拆封的汽水。

然而，倉庫裡什麼都沒有。

烙印在我們心裡的，只有「入侵倉庫」這個令人懼怕的事實。

因為實在是太害怕了，我隔天就跟媽媽坦承了所有事情。當天晚上，我們跪坐在爸爸、媽媽面前，狠狠地被痛罵了一頓。

媽媽一語不發，只是默默地流淚，我卻不敢正視媽媽的表情。

媽媽，妳那時候流下的淚水給了我很大的衝擊，深刻地教會了我千萬不能走歪路。

在那之後，過了五十餘年，我這才體認到想活得正直是多麼地困難與煎熬，而我依舊持續教職工作至今。媽媽的淚水所帶來的痛心，為我的人生奠定下了基礎。事到如今，我仍心懷感激。

媽媽，謝謝妳。

背後的故事

少年時期，因為貧困而和相差一歲的哥哥犯下「入侵倉庫」的過錯，而母親在知情以後，在孩子面前流下了「媽媽的淚水」。和津先生邊回想這一段往事，邊提筆寫下這封家書。

和津先生在上大學後離鄉背井，之後的三十年都沒有和母親同住，只有在盂蘭盆節或新年才會偶爾返鄉。

「不過，不管我到了幾歲，母親都是能讓我撒嬌的存在，我經常向她提出不合理的要求。」他回想道。

母親晚年罹患了失智症，她暗忖：「再這樣下去連孩子的爸也會跟著倒下，不如去醫院吧。」因此主動選擇了住院治療。

一個月後，和津先生接到母親的病危通知，等到他匆忙趕到時，母親正平靜地嚥下最後一口氣。在父親「喂——喂——」的一聲聲呼喚中，「媽媽」八十七年的人生落下了謝幕。

在那之後，歲月又流逝了十六個年頭。

從小，看著父親身為教師的背影，和津先生曾有過「絕對不當老師」

的想法。想不到回過神來，自己也同樣走上了教職這條路。和津先生也提到，他的教師生涯始終與學生們教學相長、相助相持。

「現在回想起來，母親那時候流下的『心痛淚水』，點醒了我心中凜然的正義感。到頭來，甚至間接將我引領至教育之路上。」

隨著年齡增長，和津先生與母親之間的回憶也漸漸模糊，他也反問自己：「這樣的變化是無可奈何的，但所謂的年老，或許就是像這樣，從記憶中獲得解脫吧？」

不過，透過寫信，可以將與母親相關的那些逐漸淡薄的記憶，以另一種形式保存下來。

「我試著提筆寫信，彷彿也卸下了心中的大石。」

家書 2

白色眼藥水

余白（男性89歲・靜岡縣）

2018年金賞獲獎作品

媽，您在九泉之下看得見我嗎？

我即將在明年邁入九旬大關，遠遠超過了媽媽您的享年，謝謝您把我養育的如此健朗。

我和媽媽的回憶多不勝數，而其中我最珍愛的是這段往事。

小學四年級的那一年年底，我與高采烈地在巷弄裡玩尪仔標，突然一陣風吹過來，異物飄進了眼睛。

「好痛！」

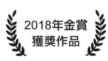

我慌慌張張地跑回家，媽媽驚呼了一聲：「不得了了！」把還是小嬰兒的弟弟放到一旁，用上臂撐著我，右手往乳房一掐，對準我的眼睛用力一擠，突如其來地進行集中擠奶？作戰。

那一道白色的眼藥水，將我眼睛裡的異物沖得乾乾淨淨呢。

八十年後的現在，這段回憶與媽媽的體溫，仍記憶猶新。

媽，我去您身邊的日子也不遠了。睽違五十年的重逢，您會以什麼樣的方式迎接我呢？

媽媽是個淘氣的人，想必會這麼對我說吧。

「咦，多麼年邁的老人家呀，難道你是我爸爸嗎？」

那我就這麼回答吧：

「三男靜雄，前來參見母親大人了。」

背後的故事

在這封信裡登場的震撼小故事，是遠在八十年前所發生的事。

「不過，恍如昨日般令我記憶猶新的，並不是母親褪下半邊衣裳掐著乳房的模樣，而是她的肌膚撲鼻而來的恬靜清香。」余白先生有些害臊地如此說道。

余白先生在七個兄弟姊妹中排行老三，自他懂事以來，底下還有更年幼的弟弟和妹妹，無法盡情地撒嬌。即使調皮搗蛋時會被痛打、被懲罰，但他依然深切感受到母親「溫柔到不能再溫柔」的愛。

「母親是個皮膚白皙、長相標緻的人。她人緣非常好，深受愛戴，所以父親常常吃醋。」

雖然母親只讀到國小三年級，但她見多識廣，深受鎮民們仰賴，是個宛如社區領袖般的存在。她在六十歲過後，因心臟病發作而倒下，就這樣撒手人寰，當時有大批人潮前來參加喪禮。余白先生現在回想起來，不禁讚嘆她的德高望重。

這樣一位母親，對余白先生來說也是救命恩人。

在戰爭時期的日本，除了長男，當時的男性幾乎一從高等小學校（相當於現在的國中二年級）畢業，就會直接從軍。余白先生的老師建議他，選擇以開拓當年的日本領土——滿洲國（中國）為主的滿蒙開拓青少年義勇軍或海軍少年飛行隊，而母親則極力勸說他：「你去海軍少年飛行隊吧。」

其實，當年的余白先生體格矮小，學校開朝會時總是站在排頭，最後他也因為身高不達標準而落選。

「母親就是知道會落選，才執意要我報名海軍的，若當年選擇投入義勇軍，就會直接被帶去中國，恐怕生死未卜。」

母親逝世約五十年，余白先生的餘生，也會一如既往地繼續懷抱著「多虧母親，自己才能活了下來」的感謝之情吧。

家書 3

想成為像您一樣的母親

奏媽咪（女性31歲・宮城縣）

媽媽，妳過得好嗎？

從那天到現在已經過了二十年，謝謝妳前陣子還到我夢裡來。雖然我裝作不在意的樣子，但在還是學生的時候，每次碰上教學參觀日，我的心總是隱隱作痛，聽朋友說和媽媽吵架了，也常讓我羨慕不已。

我和媽媽在一起的時光，只有短短的十一年。隨著歲月流逝，我也漸漸接受了妳已不在世上的事實。

不過，結婚生子後，我又再次體認到自己沒有媽媽。聽別人說她們把小孩託付給媽媽照顧，聽她們聊到有可以談心事的對象，我都覺得好羨慕。

但比起羨慕，我還有其他更強烈的感覺。每當我照顧孩子、呼喚孩子、望著孩子時，就會意識到：我也曾經被這樣緊緊擁抱過。在我與媽媽曾經共同度過的十一年時光中，我也曾經被如此深愛著。

原來媽媽在短短的時光裡，對我傾注了一輩子的愛情。

媽媽曾經對我做過的事，我也自然而然地會為自己的孩子做。比起之前，媽媽的表情和動作反而更容易浮現在腦海中，總覺得妳好像就近在我身邊。

媽媽，我會好好努力，成為像媽媽一樣的母親，不但工作能幹，還很會煮飯。所以妳下次要記得帶著外公和外婆，一起到我的夢裡來喔。你們要在夢裡，好好抱一抱我的兒子喔。

媽媽，謝謝妳一直守護著我。

背後的故事

奏媽咪的母親因罹患癌症，在四十歲時芳齡早逝。

在母親過世前兩個月，住院中的母親，寫給了她第一封也是最後一封信。信上寫著：「才藝發表會，好好加油喔。」這封信被奏媽咪珍惜地保存至今。

母親逝世後過了二十年，以前，還能在衣服或枕頭上，感受母親留下來的味道，不知不覺中，這些氣味已飄散無蹤，而她也漸漸回想不起母親的聲音，不過，母親親筆寫下的信，總是能讓她重新回憶起母親。感到寂寞的時候，思念母親的時候，她都會拿出來反覆閱讀，從中獲得鼓舞。

因為十一歲就歷經了死別，國中和高中時，身邊的人總是顧慮她的心情而刻意迴避與母親有關的話題，她也就不曾主動提起對母親的思念。現在回過頭來看，或許就是因為沒有好好消化自己對母親的情感，經過漫長歲月後，反而更加煎熬難受。

「我的心裡或許一直有著疙瘩，很想問問身邊的人：『我媽媽是這樣子的人吧？』甚至希望他們能把我和媽媽之間的過往點滴說給我聽。」

她帶著明快的神色說道，透過這次寫信給母親，「我終於將至今為止難以啟齒的想法吐露出來了。」

信中有這麼一句話：「謝謝妳出現在我的夢中。」但其實母親出現在夢中的情況並不常見，「尤其是特別思念她的時候，她就越是不會出現在夢裡。」

即便如此，母親仍偶爾會現身在她的夢中。她彷彿在同一個空間感受著母親的存在，早上起床時也洋溢著幸福。

奏媽咪的手邊有一本相簿，裡頭貼滿了她小時候的照片，但與母親一起入鏡的照片卻不多。現在自己有了孩子以後，她也老是忙著替孩子拍照。「啊，那時候的媽媽，就在拍下這張照片的鏡頭後面吧。」

重新翻起看慣了的照片，讓奏媽咪感覺自己與母親又更加貼近了。

家書 4

一起去松山吧

星田由希子（女性55歲・奈良縣）

2019年銅賞獲獎作品

媽媽，我被邀請去爸爸的故鄉松山了，而且還是去參加散文的頒獎典禮呢。我幾乎可以想像得到妳比任何人都還要為我感到高興，以及對我說「恭喜」時的笑容。如果妳的身體還健康，我一定會找妳一起去的，唯獨這點令我深深遺憾。

還記得在我上國小以前，全家一起去了松山。只記得我們在道後溫泉的大廣間裡吃了糰子。雖然大老遠去了一趟，最後是不是沒有去泡那個著名的溫泉呀？不知到底是怎麼樣呢。現在，媽媽和爸爸都不在了，我也沒有人可以詢問這段記憶是不是正確的。

其實蠻沮喪的。除此之外，還有好多好多回憶，因為沒有可以一起回味的人了，於是記憶也開始漸漸模糊。想不到直到現在，我才意識到這是多麼寂寞的一件事。

幸好，當我打電話給姑姑時，她說她現在一樣住在松山，可以和我碰個面。姑姑還說，我們一起聊聊當年那些懷念往事吧！這樣一來，我就能確認那段記憶的正確性了。

媽媽，妳曾說過康復以後，想再和爸爸一起去道後溫泉，對吧？我想起了這件事，還想到一個好主意。客廳裡擺著你們夫妻倆和和睦睦的照片，我會小心翼翼地用絲巾包起，放進包包裡，和直彥一起帶去松山。

對我們來說，也是久違的夫妻旅遊。不如你們也跟著我們，一起去道後溫泉和松山城吧。然後再一起去見姑姑和姑丈，聊聊往事，一定會很盡興的。

家書
5

喚來小小奇蹟的櫻花

如月光生（男性68歲・福島縣）

2018年銅賞
獲獎作品

媽，您還記得嗎？

那時候您都已經超過九十歲了。

您經常腰疼，所以臥床不起。還罹患了失智症，不記得我的孩子叫什麼名字，就算能簡單溝通幾句，您也馬上就忘記了，一天要問上好幾次：「今天是幾號？」

令人難過的是，不管我回答幾次，也不會停留在您的記憶裡。我明白這一點，仍然開車載著您去看了盛開的櫻花。

「媽，妳看，是北小學的櫻花呢。」

您坐在緩慢行駛的車裡，看著櫻花說道：「真美，不曉得有多少年沒看過北小學的櫻花了呢。」

三天後再見到您時，窗外恰巧有幾片櫻花花瓣，正隨著風在空中飛舞。

您看見這樣的景色，輕聲呢喃道：「啊，我想起來了。光生你開車載我去北小學賞櫻，我從車裡看見的櫻花好美啊。」

我的淚水奪眶而出，那宛如一個小小的奇蹟。

那時，媽媽您教會了我：人生在世，難免煎熬，但仍是美好的事。

自從您過世以來，已經過了三個年頭。媽，今年的櫻花，也即將綻放了。

家書6

神明大人

水色（女性36歲・東京都）

2019年銅賞獲獎作品

致母親：

媽，我為人母也將邁入第八年，我現在是一名男孩的媽媽，妳肯定會很意外吧？

我兒子啊，年紀更小一些的時候常常說：「我好想快點長大。」

有一天，我們兩個一起泡澡的時候，他突然這麼說：「雖然我想快點長大，但是我長大了，媽咪就不在了。」

然後，他就看著天花板嚎啕大哭了起來，大聲喊道：「神明大人，求求祢！讓媽咪長命百歲！拜託！」

媽，妳還記得嗎？

在我還小的時候，也常常動不動就哭喊著：「我不要媽咪突然不見！」妳年紀輕輕就歷經喪父之痛，當下是帶著什麼樣心情、聽我說出這些話，我到了此時才終於明白。

我還回想起當初知道妳得到癌症時，我一個人在夜裡聲嘶力竭地大喊：「神啊，拜託祢幫幫忙，救救我媽媽吧！」

妳過去的身影和現在的我重疊，而我過去的身影和我的兒子重疊，於是我和兒子一起在浴室裡放聲大哭。

悲傷、寂寞、喜悅、溫暖，但還是好寂寞……這些都是我所感受到的。為人母以後發生了好多事，讓我好像間接體會到了妳的感受。總有一天，或許我們還能一起對答案呢。那麼先這樣囉，我會再寫信給妳的。

家書 7

歌頌自由的左手

yukari（女性38歲・靜岡縣）

2019年銀賞
獲獎作品

「左撇子在生活中有太多不便，所以小時候，媽媽的媽媽也強行把我矯正成右撇子。」

教我筷子的正確握法、教我寫出漂亮的字的時候，媽媽總是會對年幼的我這麼說。所以我印象中的媽媽，是個可以用右手持筷、靈活地分解烤魚，還寫得一手優雅好字的書法老師。

但是，在七年前的夏天，媽媽因為腦梗塞導致右半身麻痺。痛失自由的右手，卸下書法教室高掛了三十年的招牌。在忌日週年的現在，我仍清楚記得妳當時不甘落淚的神情。

妳一定很煎熬、很痛苦吧。不過，在半年後的元旦，我收到了一封字跡潦草的賀年卡。「新年快樂。睽違了半個世紀，我用左手寫了這封賀年卡，有種重回五歲的感覺，寫的過程中感到既懷念又雀躍。這算是我的老手藝吧？怎麼樣？還不錯吧？」

妳本來是個字跡如此優美的人，現在身體不聽使喚，本應是最焦急、最難受的時刻……。但是，妳卻將嚴酷的考驗轉換成懷念的心情，以樂觀的態度，雀躍地享受其中，這樣柔軟又堅韌的妳，讓我感到無比驕傲。

雖然失去了右手的自由，但是相對的，肯定在睽違六十年後，重獲了左手的自由吧。這張賀年卡，是媽媽妳重生的證明，到現在仍是我最珍貴的寶物。

未來的某一天，我去見妳的時候，妳願意在天堂繼續教我寫書法嗎？當然，這次要用左手喔。

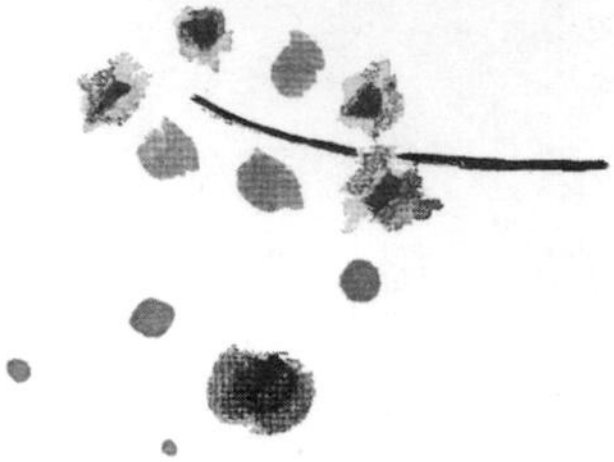

二

猝不及防的離別

家書8

媽媽煮的麵疙瘩湯

Donko（女性52歲・兵庫縣）

「我會煮好麵疙瘩湯等妳回來喔。」冷冷淡淡地回應了這通電話，一直是我心中的遺憾。

妳突然就這樣過世了，一點真實感都沒有，我在喪禮上甚至哭不出來。

雖然這麼說好像有點看不起身為家庭主婦的媽媽，但來向妳道別的人潮將殯儀館擠得水洩不通，讓我不禁感嘆：「媽，妳真厲害。」

即便已經過了三年，姊姊現在出門時，還是經常有人會告訴她：「承蒙妳母親諸多照顧了。」

妳還記得嗎？我二十歲的時候，妳對我說：「有把妳生下來，真是太好了。」聽見妳那麼說，我真的好高興。

我們兄妹年紀相近，當初要生我的時候一定很猶豫吧？在鳥不生蛋的阿蘇山山腳下養育小嬰兒，是件很辛苦的事吧？我甚至沒看過妳坐下來好好休息的樣子。

我好想吃妳做的醃芥菜。

好想吃酸酸的酸梅。

好想喝熱熱的麵疙瘩湯。

鏡子裡倒映出來的我，和妳像是同一個模子刻出來的。無論再多的「謝謝」，都無法完整表達出我的感謝之意。妳賦予了我生命，而我的使命，就是成為像妳一樣，比起自己、更處處為他人著想的人。

下次我會回去掃妳和爸爸的墓的。

背後的故事

「我會煮好麵疙瘩湯等妳回來喔。」

這是Donko小姐和母親最後的對話。直到離世的前幾天，母親還神采奕奕地參加當地的體操教室。Donko小姐的哥哥住在老家的另一側，哥哥的孩子在隔天發現奶奶倒在家中，死於心肌梗塞，享年七十九歲。

Donko小姐原本計畫在當月的連假返鄉，「我都還沒有好好孝順她，甚至沒有好好向她道謝。」為了傳達這份心情，她決定提筆寫信。

母女倆的離別來得太過突然，三年後的今天，她仍然無法接受母親的逝世。因此這封信，也可以說是同時寫給她自己的。

Donko小姐是三兄妹中的老么，對她來說，母親是「像暖桌一樣溫暖而令人放鬆的存在。」她會用木桶醃一些醃漬物或梅子分送給鄰里，或是做御萩餅或饅頭，分送給親朋好友。母親幾乎一整天都是在廚房中度過，總是有很多人聚集在家裡，「就像咖啡廳一樣。」

順帶一提，信中提及的麵疙瘩湯是熊本縣的鄉土料理，是一種將麵粉揉成丸子狀後，再加進肉和蔬菜的湯。Donko小姐自己也常做這道料理，但她表示：「料理的深度和愛情都比不上媽媽所做的。」

出社會後的第一年，兩人一起造訪了京都。丈夫因工作因素居住在台灣的時候，媽媽甚至特地飛到台北，兩人一起在異國街道漫步。這些回憶在Donko小姐的腦海中時隱時現。

母親很喜歡小孩子，當中最喜歡的就是Donko小姐的大兒子，甚至還說過「作夢都想和他住在一起」。在她去世前一週，大兒子一個人獨自前往熊本老家，當天下了一場前所未見的滂沱大雨，夜裡雷聲不斷，但她卻很慶幸：「有〇〇（大兒子）陪著我，讓我很安心。」或許也算是美夢成真了吧。「媽媽平時總是說『希望可以無病無痛，壽終正寢』，所以我說服自己，她以這種形式離開也算是圓滿的。」

家書
9

不合時令的梨子

櫻桃（女性34歲・新潟縣）

2018年銅賞
獲獎作品

媽媽：

今年又到了沒有母親的母親節。開朗、溫柔、人見人愛的妳突然病逝，至今也過了五年。

其實有件讓我非常後悔的事，那就是妳曾經在病床上說過想吃梨子，那時候是六月，我跑了兩家超市都沒能買到，最後只買了蘋果代替。

雖然妳一瞬間露出了失望的表情，但又馬上笑著說：「沒關係。」五天後，妳的病情突然惡化，就這樣離開了人世。

沒想到那居然成為妳最後的心願，如果我再努力多跑幾個地方就好了，我到現在仍懊悔不已。沒能讓妳吃到梨子，真的很對不起。

嘿，媽。妳過世三年以後，我懷上了第一胎。是個女孩，名字是一個梨、一個心，梨心，念作**RIKO**。

希望妳能在天上一直守護這個孩子，也希望這個孩子能成為一個像妳一樣，擁有一顆溫柔的心的人。我帶著這樣的期盼，以妳最後希望的「梨」字命名。

那孩子現在已經一歲半了，健康地成長茁壯著。

母親節的時候，我會帶著梨心去妳的墳前掃墓的。五月還不到梨子的產季，所以我還是會準備蘋果當作供品。

那麼溫柔的妳，肯定還是會笑著原諒我吧。

背後的故事

其實這封信的收件人不是母親，而是過世的父親。

「爸爸傾注了無窮無盡的愛，經常溫暖地包容著我。對我來說，他就像是媽媽一樣的存在。」櫻桃小姐如此形容。

櫻桃小姐從小只要一寫文章，父親總是會開心得不得了，對她誇讚不已，所以她都會在生日與父親節時寫信送給父親。這封信也是她盼望著父親能讀到而提筆寫下的。

櫻桃小姐作為三兄妹中的老么，她表示「和哥哥、姊姊相比，自己是在寵愛中長大的。」即便出了社會，哥哥和姊姊也早已離開老家獨立生活，櫻桃小姐仍繼續住在家裡。父親肯定很疼愛這樣的女兒吧，到了週末，他們還會一起去兜風。「好像還是孩子般。」父親和櫻桃小姐笑著一起度過的點點滴滴，都成為了她寶貴的回憶。

好景不常，父親突然罹患了急性骨髓性白血病。

當時，嫁到遠方的櫻桃小姐每個週末都會搭客運到父親所在的醫院。

「沒能讓父親吃到他愛吃的梨子」的那一天，也是一如往常的週末，但父親的病情卻突然惡化，在他們見面過後的短短五天就撒手人寰。那天是平日，因此櫻桃小姐沒有見到父親的最後一面。

「爸爸最喜歡的品種是帶點微酸、口感偏硬的二十世紀梨，其實我也很愛吃呢。我是在爸爸過世後才從媽媽口中得知的，真想和爸爸聊聊這種話題，一想到這，我就難過得不得了。」

對梨子的情懷在櫻桃小姐的心中已經占據了極大分量，第一個孩子的名字甚至取了「梨」字。

「我沒能幫他實現最後的心願。」

猝不及防的離別，總會伴隨著類似的懊悔。而櫻桃小姐在透過書信傳達心情後告訴我們：「情緒似乎稍微緩和了。」

家書
10

向天空報恩

諸島一（男性55歲・愛媛縣）

四年前的那一天，媽媽妳突然倒下了。

不管我怎麼搖晃妳的身體、大聲呼喚妳，妳睜著的雙眼始終沒有對焦。當下我覺得：「沒救了。」

不過，妳在醫院的病床上又多堅持了兩個星期，讓我們有足夠的時間，好好向妳道別。

妳一直是我的堅強後盾，但我做了什麼回報呢？當醫生宣告「患者已經沒有意識」的時候，我看著妳深睡的臉龐，心裡想的都是這件事。

當我還住在東京的時候，妳來過我的公寓好幾次。

「哇，你要開始變成東京人了呢。」

妳倚靠在狹小房間的牆上這麼說道。如今妳不在了，這句話依然迴蕩在我的耳邊。沒錯，我一心一意想變成「東京人」，老是只想到自己。而妳總是把自己的事情擺一邊，凡事以我的幸福為優先考量，和我截然不同。

到頭來，我也沒有變成我所嚮往的東京人。我回到故鄉，成家立業，和妳共同生活，最後目送妳離開。或許這就是我能力所及範圍內，為數不多的報恩吧。不過，還是完完全全的不夠呀。

我和家人會努力奮鬥，讓在天上照看著我們的媽媽感到欣慰的。

媽，我會加油的。

家書 11

收納在女兒節人偶箱裡的信

眷戀的人（女性48歲・三重縣）

今天是立春，我把女兒節的人偶擺出來了。

媽媽，您還記得嗎？

我們每年收拾女兒節人偶的時候，一定會一起寫信給一年後的彼此。

每封信的結尾，您都一定會這麼寫：

「我最愛的小美，今年也多多關照囉。」

媽媽，我們的交換信件，就這樣突然畫下休止符了。

您生病住院，轉眼間就離開了人世。五十一歲，還那麼年輕。

我因為太過悲傷，把會回憶起您的所有東西都處理掉了，這當中也包含女兒節人偶箱裡的信。

那個當下，我覺得自己像是被妳拋下了。

不是這樣的，明明不是這樣的。

擺設好的女兒節人偶，看起來好像有些高興。

春天到了，母親節也要接著來了。

我會去掃墓的。

然後……

我會在墳前，送上往年寫給您的信裡的那句話。

「我最愛的媽媽，今年也多多關照囉。」

家書 12

最後一個包裹

陽子（女性77歲・東京都）

媽媽，我已經七十七歲了。

孫子也都長大了。

度過戰爭歲月，凡事謹言慎行、隱忍克制，同時不忘保持端正品格，燒得一手美味的蒸飯，妳就是這樣的母親。

自從我離鄉背井，嫁到東京以後，每一次返鄉，我總是忍不住在回東京的車上落淚，而妳總是微笑著點頭，說著同一句話：「我會等妳回來的」，然後目送我離開。

我錯把「我會等妳」當作是永遠的約定。某個年末，傳來了令我只想摀住耳朵的消息。

妳把家裡打掃得乾乾淨淨、收拾得整整齊齊，好讓除夕夜到新年來造訪的所有家人都能舒適自在。之後，還為我的婆家準備了豆餅和一些其他東西，就在抱著沉重紙箱前往郵局的途中，妳倒在路上，就此撒手人寰。

甚至沒有機會說上最後一句話……。

在喪禮之前，裝有豆餅的紙箱和賀年卡，一起寄達我們家了。

這是裝著滿滿母愛的最後一份禮物。

我又止不住淚水潰堤。

最近，經常有人說我和妳越來越像了，這番話真的讓我很開心。

媽媽，我衷心地感謝妳。謝謝。

家書 13

魔法般的話語

照瀨杏（女性58歲・東京都）

媽媽，妳一直都是我最強而有力的後盾。

當我因為失敗而沮喪想哭，妳總是會這樣鼓勵我：「沒事的，下次會更順利的。」

妳說的「沒事的」，就像魔法一樣。

所有事真的都不要緊了。

妳去世的前幾天，我心裡非常忐忑不安，妳卻彷彿用雙眼告訴我：「沒事的。」

然而，妳還是就這樣離開了……。

當時我哭喊著「不是說沒事的嗎」，過了一段時間後我才明白，原來真的是「沒事的」。

我罹患癌症，經過十小時以上的手術和化學治療，和大家一起熬過來了。

在我的耳朵深處，一直能聽見妳說著：「沒事的。」

妳現在也一樣守護著我吧。

下次，換我來告訴女兒們「沒事的」吧。

用和妳一樣的笑容。

母親節就快到了，今年，我也會送上妳最喜歡的粉紅色花朵。

媽媽，一直以來真的很感謝妳。

家書 14

白色康乃馨

若葉（女性50歲·東京都）

媽媽，媽媽。

自您啟程到天堂至今也過了好長一段日子，環境如何呢？

您在那邊過得好嗎？

依您的個性，肯定結交了許多朋友，過得很快樂吧。

您是不是會偶爾來看看我們呢？

我有好多話想對您說。

您死於突發車禍事故，告別式剛好就在母親節那一天。

我因為太悲傷、太寂寞，遲遲無法再經過我們最後揮手道別的地方。當時，我作夢也沒想到我們的離別，會來得如此倉促。

我猜您也是同樣的想法吧。您一定也想和大家一起，度過更多、更多的時光吧。

突如其來的死別，是媽媽您和我們都沒料想到的事。偏偏喪禮正好在母親節當天舉行，大街小巷充斥著紅色的康乃馨，讓我備感寂寞。

我們在您的棺木裡，獻上了白色的康乃馨。好幾年後的今天，一到母親節，我還是格外地想念您。

對我和弟弟來說，您既是母親，同時也是父親，一個人努力地將我們拉拔長大。輪到自己生養孩子時，我才第一次體會到您的辛苦。

那時候，我和弟弟還是不懂事的小孩，總是讓您操心。

您很期待孫子的成長，老想著之後要做這個、做那個。而當年還只有四歲的孫子，今年也要上大學了。

在天堂的您，肯定也很欣慰吧。

雖然令人依依不捨，但我深信我們會在未來重逢。在我前往天堂的那一天以前，我會好好活著的。雖然我們沒有辦法交談，但我相信我們的心靈，無時無刻都緊密相連。

媽媽，謝謝您把我生下來。

背後的故事

若葉小姐的母親出門去買身體不適的孫子吵著想吃的東西，結果搭乘的計程車發生車禍，突如其來的意外，讓她們從此天人永隔。

父親過世以後，母親一個女人家獨自將她和弟弟拉拔長大，既像可靠的父親，也像親密的朋友；而這樣的存在，就這樣突然消失在世上。

「我還有好多話想告訴她，還有好多話想聽她說。根本沒有做好心理準備……。」

襲捲而來的悲傷是多麼的龐大，可想而知。

雖然若葉小姐結婚生子後，就不再與母親同住，但每隔兩三天，母親就會去幫她帶孩子，兩人還是經常碰面。她提到，母親離世已經過了十六個年頭，但她至今仍然沒有勇氣靠近她們最後揮手道別的地方。

舉行喪禮的日子剛好是母親節，原本為母親祝賀的日子，竟成了每年回憶起母親的悲傷日。「現在我還是會暗自希望母親節不要到來就好了。」

若葉小姐提到，她在寫信的過程中，回想起許多事而淚流不止。不過，她注意到了一個巨大的變化。

背後的故事

至今為止，她從未向弟弟以外的人談起母親的死亡。她很抗拒去提起、去回想，打算將一切封印在自己的心中。但是，第一次嘗試提筆寫信給母親後，她發現：「我終於吐露出來不及表達的後悔之情，現在的我，好像可以接受母親的死亡了。」

當時，只有母親一人身亡的事實，令她充滿無處宣洩的憤怒。

「我曾經非常憎恨與那場車禍有關的每一個人。」

但在寫完這封信以後，那樣濃烈的懊悔、憎恨，如滾滾岩漿般轟然噴發的憎惡都泯然無跡，在不知不覺間消失了。

「現在的我，已經恢復了健康而有精神的心。」

若葉小姐彷彿在知會母親般，如此說道。

本來是緬懷亡母的紀念日

現在的母親節，已成為送母親禮物、表達謝意的紀念日，但很多人可能不知道，這個日子原本是一位重視母親的美國女性，對已逝母親表達感謝之意的紀念日。

二十世紀初期，居住在美國費城的女子安娜．賈維思（Anna Jarvis）的母親，獻身於南北戰爭中，盡心照顧雙方的受傷士兵。她在一九〇五年離開人世，而對於逝世的母親滿懷敬愛的安娜，決定發起一個紀念日，以表達對世上所有母親的感謝。

一九〇八年五月十日，安娜首度舉辦了「母親節」的紀念儀式。她在祭壇上布置了母親生前喜愛的白色康乃馨，這就是歷史上的第一個「母親節」。不久，這個紀念活動擴及至全美國，一九一四年，美國國會通過決議，將五月的第二個星期日制定為「母親節」。

日本則是透過青山學院大學的美籍教授之介紹，首次將母親節的概念引進。第二次世界大戰後，至一九四七年左右，日本決定仿效美國，將五月的第二個星期日制定為「母親節」。

三

至今仍後悔莫及

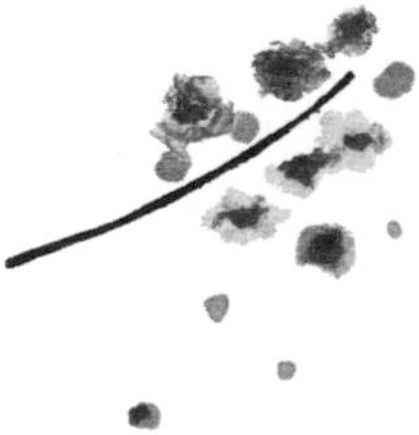

家書
15

與未曾謀面的母親通信

阿柘（男性73歲・神奈川縣）

四年前的某一天，我接到一通電話，對方自稱是您的兒子。結束自我介紹後，他說：「家母在去年年底過世了，享年九十歲。我經常聽家母提起您，所以……。」

在我出生後六十天，父親病逝，您將我託付給祖父母，自己回了娘家。從此，我再也沒有機會見上您一面。

大約十三年前，我準備退休了。那時候，我發現父親六十幾年前的日記，當中寫滿了對您的愛意。

在這之前，我心中充滿了「被母親拋棄」的怨懟，但在看了父親的日記後，我想讓您也知道這份情感。

「卿卿吾妻　擁卿入懷　耳鬢廝磨　與卿共眠。」

我將日記影印了下來，第一次嘗試寫了信給您，也收到了您的回覆，信中寫道：「你爸爸真的是個很溫柔的人。」

於是，我們開始通信了。

母親節的時候，我還送過您一個妻子相當推薦的包包，這份禮物已不帶有任何怨憤之意。

接到令郎的電話時，「早知道就見上一面了……。」的想法，猛烈地湧上心頭。

媽媽，您見到爸爸了嗎？這是您第二次嫁給爸爸了呢。

媽媽，願您與爸爸一同安息……。

背後的故事

「在我出生後六十天，父親病逝，您將我託付給祖父母，自己回了娘家。」這件事是阿柘在上小學時，從祖父母口裡得知的。

每到教學觀摩日，都是由阿柘的奶奶作為家長代表站在教室裡，她的年紀比其他同學的雙親足足大上兩輪。對小孩子來說，那樣的場面有些難為情，他甚至咬牙切齒地埋怨道：「媽媽不要我了。」

阿柘上大學的時候，收到母親寄來的一封信，信裡寫著「很想見你一面」。

「我應該去見她嗎？」

奶奶聽見這番話，臉上流露出寂寞的神情。

當他接著說了：「事到如今，見面也沒什麼意思。」奶奶像是鬆了一口氣的微微一笑。在那之後，阿柘就在心裡發誓，絕對不會和母親見面。

令阿柘的決心有所鬆動的契機是十幾年前的事。

準備退休的阿柘開始整理身邊的東西，發現了在他出生後六十天就病逝的父親所留下的日記，裡頭鮮明地記錄著父親對母親的濃厚愛意。

他心想，「我得把這份心意告訴她才行。」於是第一次寫信給了那個他憎恨多年、拋家棄子的母親，而且也收到了回信。他們就這樣通信了將近五年。

母親在信中提到「父親非常溫柔」以及「他的名字是由母親命名的」，而他對母親的恨意，似乎也在信件往返的過程中逐漸消散。

他曾試圖想要見上一面，但聯繫後得知母親住進了療養設施，寄了信卻沒有任何回音。

然後，他就收到了「母親吃麻糬不慎噎死」的悲傷消息。

「沒能見上一面是心中的遺憾。」

阿柘深信，母親一定能接收到自己在信中寫下的後悔之情。

家書16

孩子的奶奶，對不起，我不夠坦率。

努力的爸爸（男性49歲・新潟縣）

2019年金賞獲獎作品

母親在十幾年前離開人世，即便年紀增長，我唯一抬不起頭的對象也只有母親一人。女兒似乎很敏銳地察覺到這一點，每當我大發雷霆時，她經常以「我要跟奶奶告狀！」作為小小的反抗。

母親很溺愛她的孫女，我女兒也超級黏一手把她帶大的奶奶。她今年就要離開新潟，獨自一個人到大阪生活了。我三天兩頭就會打電話給她，她很懂事，總是不厭其煩地和我交代她的近況，老說：「爸爸，我很好，別擔心。」

我年輕的時候在外縣市就業，所以經常接到母親打來的電話。當時的我，因為男兒自尊和年輕氣盛作祟，對母親的態度相當冷淡。現在輪到自己為女兒操心之後，母親當年向我說過的話彷彿橫跨時空，扎進了我的心頭。

直到現在快看見人生終點的年紀，我才學會對三十幾年前母親所說的話充滿感謝，甚至流淚。母親還在世的時候，我應該要對她更加坦率的。

我們擁有語言，可以用來傳達愛、傳達感謝，無論是微不足道的小事，或是日常的點點滴滴，我們應該要有多更多的對話。子欲養而親不待……理所當然的一句話沁人心脾。

有一天，遠在大阪的女兒打電話來了。

「爸，你聽過母親節追思掃墓嗎？我會在母親節那天回新潟，我們一起去給奶奶掃墓吧。帶上她愛吃的栗子羊羹。」

淚水忽然沿著臉龐滑下，接著順著電話聽筒，悄然滴落。

背後的故事

女兒出了社會，第一次離開雙親身邊在外獨自生活，努力的爸爸三天兩頭打電話關心女兒。

「吃飯了嗎？」

「最近過得好嗎？」

隔著電話交談，讓他覺得這些話似曾相識。因為當年自己升上大學而離開雙親身邊時，母親也對他說過同樣的話。

「聽起來就像在嘮叨個不停，當時只覺得很囉嗦。」

直到換成相同立場時，他才深切地明白當時自己的母親有多麼擔心他。女兒總是溫和地回覆他：「知道了，爸爸，謝謝。」相較之下，動不動就頂撞父母的自己，採取了「相當冷漠的態度」。在東京就業一陣子後，他返鄉工作、也與母親同住，但從未能坦率地說出「謝謝」。

在母親過世十年後的現在，這份遺憾一直留在他的心中。

這次，也是因為過去被奶奶一手帶大的女兒提議「要不要嘗試寫信」，他才第一次寫了信給母親。

「在寫下近況的同時，也將自己的心情好好梳理了一番。」

本以為已經遺忘了與母親有關的回憶與記憶，卻在書寫的過程中，接二連三地甦醒。

他小時候由母親一手帶大，其實心裡非常喜歡母親。在小學的教學觀摩日時，一想到母親會站在教室後方望著他，就令他高興不已。

然而，升上高年級後，突然開始在意起朋友的目光。光是聽見別人說「你媽來了耶」都讓他感到難為情，甚至希望母親不要到學校裡來。現在回想起來，那是身為善感男生無可奈何的心境變化吧，但也深刻感受到自己的彆扭。

不過，藉由這個機會，總算能好好地正視自己後悔的心情，心頭再次湧上了對母親的感謝。也發現自己的心境，變得更加地平穩。

家書 17

最喜歡妳

正人（男性59歲．大阪府）

自從媽媽在五十六歲過世以來，已經過了二十七年。

妳的聲音和長相，至今我依然記得清清楚楚，五十六歲的人生實在是太過短暫了……。我都還沒有好好孝順妳。妳總是那麼溫柔又開朗，總是做了好多好吃的、我愛的料理。每次回想起來，就忍不住淚眼婆娑。

唯一懊悔的事是讓妳哭了兩次。

小學四年級時，妳在打掃家裡時不小心弄壞了我剛做好的橡皮筋動力飛機。妳一直跟我道歉，不斷說著「對不起、對不起」，但我卻鬧脾氣，讓妳傷透腦筋，最後還把妳惹哭了。

還有一次是在我結婚以後。我跟妳說，我老婆有點不喜歡妳一直來找孩子，妳哭著說，妳只是想見見孫子而已。明明就是我們住得近，才能時常有機會見到妳疼愛的孫子。但我只是站在老婆的立場，用字遣詞不夠謹慎，把話說得太直白，肯定讓妳很難受吧。

不記得是什麼時候的事了……和孩子（繪理）在一起時，她突如其來的一句話，讓我印象深刻。「外婆最喜歡繪理的爸爸了。」

現在回想起來，眼前又模糊一片……。

我已經比媽媽還要長壽了，今年就要邁入花甲之年。雖然老是讓妳擔心，但我在十年前再婚以後，生活被滿滿的愛所包圍，過著幸福的日子，妳可以好好放心了。在不遠的將來，我也會去見妳的。到時候，我也想跟妳說。

「我最喜歡媽媽妳了。」

背後的故事

正人先生的母親，在某一天騎腳踏車時摔倒了。

「妳在搞什麼啊，這麼危險，以後都別騎了。」

正人先生以嚴厲的口吻叮囑道。

其實母親這時候已經罹患了癌症。透過健康檢查得知病情時，癌細胞已從肺部轉移到腦部及骨骼，錯過了治療時機。騎車之所以會摔倒，也是因為癌細胞轉移至腦部，導致平衡感失調的緣故。

但是，母親在和父親及弟弟商量過後，決定隱瞞病情到最後一刻。所以，母親在世時，他也沒有機會為自己的厲聲喝斥向母親道歉。

母親曾經是地區幹部和福利委員，周圍的人對她的評價都是「非常好的一個人」。

「她總是盡心盡力地為他人服務……真希望她多照顧自己的身體。」

「還來不及好好盡孝。」

母親年僅五十六歲就離開人世，過去的許多事情，通通化作「後悔」籠罩著正人先生，令他備受煎熬。

即便正人先生在二十七年之後寫下這封信，依然能感受到他對於母親深深的後悔之情。

「直到現在，她仍是對我而言很重要的人，我多盼望她能永遠健康。」這樣的心情，甚至驅使他寫下短篇集《穿越時空的信》。在架空的故事裡，他去見了發病前的母親，並打造了一個母親不會死去的世界。

他表示，將自己的心情轉換成文章以後，自己也有了不少收穫。

「母親的死亡，對我的人生帶來無庸置疑的巨大影響，但我覺得她也教會了我往前走的重要道理。」

我已經穩健切實地向前邁出步伐了。他的眼神如此訴說。

家書18

與天底下最好的媽媽許下約定

久美子（女性37歲・千葉縣）

我的戀母情結大概可以排得上全世界第三名吧。所以媽媽妳不可以死掉，不然我也會寂寞而死的。媽媽，我不曉得說過多少類似的話了吧？

在媽媽身體健康的時候，我就經常這麼說，反正我就是最喜歡媽媽了。即使年過三十，我也可以毫不害臊地說出口，只有這件事讓我特別自豪呢。妳從來不反對我做的任何事，總是支持著我。就算自己再辛苦，為了孩子什麼都願意做。

所以我到現在還是很後悔，建議妳接受抗癌藥物治療。

明明見到妳那麼地排斥，知道只會給妳帶來痛苦，但我卻因為不想和妳分開，賭上了或許能讓妳多活三年的一絲希望。到頭來，妳也只多活了三個月，在煎熬中離開人世。

無論是抱怨、苦悶、責怪，妳都沒有說過半句。妳因為罹患了胰臟癌，消瘦到別人都認不得了，但妳始終是我最溫柔的媽媽。

妳到天堂一年後，我在無意間發現，妳的手機裡有一則備忘錄。上面寫著：「小久美，下輩子我還想再當妳的媽媽。」

媽媽，謝謝妳。能做妳的孩子，我好幸福。我和妳約定了「要成為天底下最好的媽媽」，我一定會好好遵守承諾的。

妳在我心目中，是天底下最好的媽媽，所以我也會好好努力，成為像妳一樣的母親，讓自己的孩子們也感到幸福。

家書 19

消失的五仟圓紙鈔

英合里（女性82歲・愛知縣）

致媽媽：

媽媽，與妳永別至今，已過了四十幾年。

宛如夢一場。

到了這個年紀，要回憶往事很是艱辛。但是，我要坦承一件事。

當年我離鄉背井到東京求學，收到了一個全白的信封，是我最喜歡的媽媽妳寄來的。

開封以後，發現裡面裝著當時剛發行的五仟圓新鈔，妳還備註著「要妥善使用喔」。

那是學校餐廳的拉麵一碗三十圓的年代，我實在是太高興了，新鈔的紙面光滑閃亮，油墨的味道撲鼻而來，我就這樣目不轉睛地盯了好一會兒。

但在兩天後的星期日，我就在新宿的百貨公司裡買下了一整組知名品牌的化妝品。

直到過了十幾年以後，我才知道那張新鈔是爸爸為了犒賞媽媽辛苦養育八個小孩的禮物。

知道真相的我，為自己的膚淺感到非常懊悔。

媽媽，未來和妳重逢的那一天，我想由衷地向妳道歉。

打從心裡向妳說聲：對不起……。

家書 20

在天國重逢

似夢非夢（女性63歲・東京都）

2019年銀賞獲獎作品

媽媽，妳過世至今已經三年，妳在天國見到「妳的媽媽」了嗎？

總是開朗又溫柔的妳罹患了失智症，晚年甚至連要怎麼笑都忘了，簡直就像是變了一個人。

「好久沒見到媽媽了，我要去見她。」妳不分晝夜，四處徘徊。不管我說了多少次「媽媽的媽媽早在五十年以前就過世了呀」，妳也沒有辦法理解。

在雨雪紛飛的一個深夜裡，我稍微一不留神，就看見妳打著赤腳，在宛如鋪上一層雪酪的庭院裡，漫無目的的來回走動。妳凍壞的身體不斷發顫，嘴裡還不斷重複著「我要見媽媽」。我緊緊抱著妳，用嚴厲的語氣斥責：「為什麼要做這種事！」

我清洗著妳泛紅的腳，淚水奪眶而出，在浴室裡放聲大哭了起來。當時的我，沒能設身處地的去體諒妳的心情，只會抱怨照護的辛苦，是個彷徨無措的不孝女。

「外婆，我們明天去見妳媽媽吧！」

當時，兒子的一句話就像魔法一樣，讓早已忘卻的滿面笑容，又重回妳的臉上……。妳疼愛有加的孫子，也成為了會說出善意謊言的大人。

到了現在，我終於能切身體會到妳當時的心情。

「好久沒見到媽媽了，我好想見妳。」

家書21

最後沒能說出口的話

小里（女性52歲・宮崎縣）

那是發生在三年前，徹夜陪在病床邊照護的一個清晨。

妳突然費盡全身的力氣坐起身，伸出雙手將我摟進懷裡，哽咽地對我說：

「小里，幸好有把妳生下來，謝謝妳。」

至今為止，我沒有什麼被妳擁抱過的印象。再加上我又是四姊妹中的老么，「如果第二胎或第三胎是男生的話，就沒有妳了。（生出可以傳宗接代的男孩後就不會繼續往下生）」這種話我從小聽到大，所以我一直覺得自己來到這個世上，令大家的期待落了空。

我甚至還聽說，因為生下來的我是個女孩，出世時周圍的人都很失望。

所以聽見這句作夢也沒想過的話，我真是又驚又喜，內心也動搖不已。當下我只有「嗯」了一聲，光是要在妳背上輕拍安撫，就已經竭盡了全力。

在那之後的兩天，妳的病情惡化，啟程往天堂去了。

妳留給我的最後一句話，是我現在的寶物。

人生在世，免不了歷經種種考驗，有時也會被壓得喘不過氣來。當時妳的那一句話已經轉變成力量，讓我能繼續努力面對未來的生活。

那一天，最後沒能說出口的話，是無論如何都想告訴妳的話。

為了傳到遙遠的天堂去，我就大聲喊出來囉。

「媽媽！我很高興能當妳的孩子。謝謝妳。」

Column

什麼是「母親節追思」？

母親節掃墓的文化正逐漸興起

母親節本來是從緬懷已逝母親開始的文化，而在高齡化的日本，也已經有人會在母親節造訪母親的墳墓，短暫與母親交談。

根據日本香堂（東京．中央）的調查顯示，四十歲以上、會在五月初至母親節期間去掃墓的人，和二〇〇七年相比，二〇一八年已增加了將近一倍。對於已經失去母親的人來說，母親節確實不是贈送禮物的紀念日。以祈福取而代之的文化，已在不知不覺中生根發芽。

這時候，「母親節追思」這個新詞彙誕生了。

誠如字面上的意思，在母親節帶著追思的心，前去掃墓。日本香堂察覺到社會的變化，在二〇〇九年開始提倡這個概念。

同一時間，農協ＪＡ集團和歌山的ＪＡ紀州，也開始舉辦母親節追思相關的活動。他們的初衷是由於新聞上父母虐死兒童的事件相繼發生，希望成員們生產的花能夠稍微緩和、療癒沉痛的社會氛圍。

二〇一四年起，這兩個單位共同合作，致力於普及母親節追思的風氣，對這項活動的共鳴也逐漸擴大。

二〇一七年成立的「母親節追思」合作夥伴，是一個由各行各業有志一同的企業、團體、組織跨界集結而成的共同體，截至二〇一九年八月為止，共有十三個單位參與。成員包含：株式會社日本香堂、ＪＡ集團和歌山、株式會社日比谷花壇、一般社團法人PRAY for (ONE)、一般社團法人全國優良石材店協會、一般社團法人日本石材產業協會、株式會社龜屋萬年堂、株式會社清月堂本店、生活協同組合COOP SAPPORO、Suntory Flowers株式會社、一般社團法人花之國日本協議會、日本郵政株式會社、一般社團法人手紙寺。

「母親節追思」廣為人知的那一天，或許不遠了。

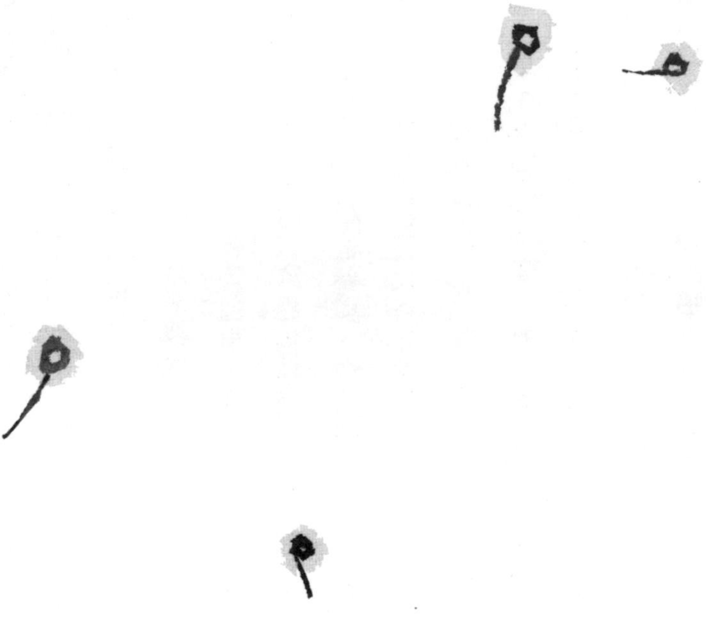

四

和已故的您越來越像

家書
22

在鏡子前說話

海棠（女性66歲・神奈川縣）

櫻花季來臨了。

透過通勤電車的車窗，望著那一片粉紅景色，我不禁讚嘆「春天的花，真美。」也令我回想起孩提時光，全家人帶著飯糰一起去賞花，還有我們兩人一起去買東西走過的那條櫻花道。

「我好想妳。」

「好想再吃一次那種鹹味適中的飯糰。」

「好想再一次和妳並肩漫步、談天說地。」

心裡想著再一次、再一次時，淚水就忍不住湧了上來。為了不被周圍的人發現，我只好悄悄地用手帕擦拭眼角。

下車時，我在玻璃窗的倒影上看見了妳的臉。我微笑，妳也微笑。我做了「早安」的口型，妳也向我道早安。

這樣啊，原來那是我的臉啊。

前陣子，孩子們對我說：「媽媽，最近妳和外婆越來越像了。」因為我也這麼想過，所以其實還滿高興的。

偷偷告訴妳，有時候我會朝著鏡子和妳說話呢。

我也六十六歲了，雖然洋裁和料理的手藝還比不上妳，但我也一直持續在做米糠醃菜呢。下次見面時，嚐嚐我用米糠醃漬的小黃瓜吧。對了，我的酸梅也越做越好吃了喔。

我還有好多話想告訴妳，所以很期待見面呢。致我最愛的媽媽。

背後的故事

穿上母親以前最寶貝的毛衣，繫上媽媽買了卻沒拆封過的絲巾，海棠小姐出門前，總會向鏡子搭話。

「好看嗎？」

語畢，她微微一笑，彷彿得到了「還不錯呀」的回覆。

「今天天氣很熱呢」、「好討厭下雨天啊」。

這時候，就像是有人在告訴她「路上小心喔」一樣，令她感到平靜。

母親過世至今已經十九年，海棠小姐總是透過鏡子，進行這些對話。

她的母親為人文靜、一絲不苟，鮮少與人交際，平時將心力都投入在整頓家裡或照料庭院花卉上。

「她很擅長洋裁，經常為小時候的我和妹妹做款式相同的洋裝。」

有一次，有個陌生女子帶著一個小孩，在圍籬的另一邊說道：「太太，請問能給我們一點食物嗎？」

母親走到廚房，用釜鍋裡剩下的白飯簡單地做了飯糰。遞給那對母子時還告訴她們：「明天也可以過來喔。」

海棠小姐見了這一幕也吵嚷著：「中午我想吃飯糰！」結果遭到母親喝斥：「那個小朋友連今天的飯都沒有著落了，要吃飯糰我明天再做給妳吃，乖乖聽話！」母親當時嚴詞厲色的模樣，她至今仍記得清清楚楚。

母親是像守護神一樣的存在，而大約從五年前開始，有人說海棠小姐「越來越像媽媽了」。

第一次是她和妹妹相約在車站，一起去掃墓的時候，妹妹先行抵達，看著海棠小姐通過車站的驗票閘門時，竟產生一種「是媽媽！媽媽在走路。」的錯覺。女兒們也告訴她「尤其是神態，最近越來越像了。」

自從與母親天人永隔以來，海棠小姐「想念母親」的心情始終沒有改變。她告訴我們，在寫下這封信的過程中，「想到未來重逢的那一天，就不禁期待了起來。」

家書23

煎餃的食譜

俊輔（男性32歲・東京都）

媽媽，妳過世至今四年，代表我在東京也生活了四年。

不適應的都市生活雖然偶爾令人苦悶，但如同妳說的：「你很堅強，不管在哪裡都不是問題。」我現在過得很好。

託妳的福，我現在健健康康的，假日的樂趣也多了不少。

爸爸現在也過得很好喔。

年底回家的時候，我們一起吃了飯，他的食量依舊和我不分軒輊。

說到這個，那天是我負責做晚餐，爸爸很感動地說：「調味和你媽媽一模一樣。」果然像到妳了呢。

不過他又說，論煎餃的話，還是你媽做的好吃……。我確實是重現不了那麼美味的煎餃。

妳有沒有把食譜留在什麼地方呢？

我好像有機會在八月或九月放個長假。

到時候回家我會買平時那種巧克力，妳可以好好期待喔。

那我們夏天再見啦。

一直以來，謝謝妳。

背後的故事

俊輔先生和弟弟都離開了位於北海道的老家，父親目前一個人獨居生活。因為和自己的現居地相距遙遠，他並沒有辦法頻繁返鄉，但每次回家的時候，一定會由俊輔先生做晚餐。

他很喜歡母親做的通心麵沙拉，平時也經常嘗試母親的做法，後來父親很高興地說：「調味和你媽媽一模一樣。」

只要是俊輔先生下廚，就算是電鍋煮的飯，父親也會吃得津津有味，誇讚「簡直像你媽媽煮的飯」。

「不過，論煎餃的話，還是你媽做的好吃。」

雖然很多料理沒辦法完美重現出母親的味道，但俊輔先生認為像這樣讓父親品嚐得到母親的味道，不僅是在孝順父親，也是在孝順母親，所以他都會盡可能安排時間返鄉見父親。

俊輔先生割捨不了夢想，在二十九歲前往東京發展，但母親卻在他啟程前兩個月因癌症病逝。

現在回想起來，母親雖然與病魔纏鬥了一年以上，但每次去探病時，也不見她露出一絲難受的樣子。

「我覺得她真的是很堅韌的人。」

母親對於禮儀教養很嚴格，平時嘮嘮叨叨，俊輔先生也是頻頻反抗，但他現在卻認為：「多虧母親的教育，才有了現在的自己。」

母親在世時未能好好盡孝，所以寫下了這封信。他表示，在平常忙碌的生活裡，很容易遺忘對母親的感謝，因此想藉由這個機會，重新回憶起這份心情。

俊輔先生的腦海裡甚至浮現了這樣的畫面。因為母親嗜甜，每次俊輔先生回老家時，總是會帶上高級品牌的巧克力作為伴手禮。而母親總是會一邊說「用不著特地買這麼貴的嘛」，一邊愉快地大口吃著。

家書 24

媽媽的口頭禪

小惠（女性63歲．滋賀縣）

「大兼小用」——是呀。當初為了在清洗時能輕鬆一點，選了較小的鍋子，結果塞不進所有食材，我為此深刻反省了。

「走夜路不怕天黑」——面對該做的事情接二連三出現的焦躁情境時，我總是會在心中重複這句話，讓自己平靜下來。

「○○裡富含○○營養」——孩子還小的時候，我經常用到這句話。最後總是會被孩子們調侃：「媽媽都跟外婆講一樣的話。」這也是很令我高興的事呢。

〇〇裡不管填進什麼樣的食物名稱都可以成立，這就是這句話最神奇的地方。

聽說，我女兒現在也是對她的孩子們這麼說的。

雖然沒辦法用這句話改變兒子「討厭香菇」的想法，是我心中的一個遺憾……。

妳的身影消失在這個世上，已經整整一年了。

去年的母親節只有滿滿的寂寞回憶，今年我一定會去墳前見妳的。

妳再幫我回想看看還有什麼口頭禪吧。

那就母親節見了，再見！

家書 25

燉馬鈴薯

小王（男性69歲・新潟縣）

媽，我剛剛去種馬鈴薯了。

聽說今年的北明馬鈴薯很好吃，所以我種了男爵馬鈴薯和北明馬鈴薯。

耕田、堆肥、深度約十公分。把馬鈴薯切對半，在切口上沾點灰，並朝下擺放。

就像以前妳做的那樣，我現在也在做著相同的事呢。

雖然說「種植應在春分進行」，但這個時期還是一如往常地寒冷。

在北風凜冽的寒冷日子裡，妳用手拭巾包覆著臉、種下馬鈴薯的模樣，至今仍記憶猶新。

現採的馬鈴薯，無論用鹽水煮或用燉煮的都很好吃呢。媽媽的味道是天下絕品，我好懷念當時的味道啊。

「能健健康康地工作就是一件值得感恩的事了。」這句話是妳的口頭禪。因為妳從早到晚工作一整天，我經常被叫去幫忙，但也學到了許多有助益的事，我很感謝妳。

我打算在妳的忌日採收馬鈴薯。

今年想讓妳見識一下北明馬鈴薯的味道。

期待一下吧。

家書 26

盛開的白木蘭

波與翼（女性69歲・熊本縣）

媽媽：

我也在不知不覺中喜歡上白木蘭了呢。

每到了春天，就會讓我回想起妳望著白木蘭的模樣。

妳穿著烹飪罩衫，一邊用下襬擦拭雙手，一邊走到緣廊，隔著圍欄仰望著隔壁的白木蘭。

那是妳在家事中的片刻小憩吧。

媽媽，我現在一整年都看著白木蘭呢。

去年，家裡整修了浴室，現在牆上開滿了白木蘭。

美到想讓妳也看一看。

每到春天，我就會提起各地盛開的白木蘭，孩子們也以「因為是媽媽喜歡的花」為由，選擇了這樣的牆面設計。

雖然我嫁到遠方，讓妳操了不少心，甚至沒趕上見妳最後一面，但我現在是幸福的。

我與溫柔的孩子們和活潑的孫子們，熱熱鬧鬧地生活在一起。

春天的天空和浴室裡，都有白木蘭盛開著呢。

家書
27

遺傳自母親的囉哩囉嗦

香雪溯那（女性43歲・京都府）

2018年銅賞
獲獎作品

媽媽：

妳為我兒子買的鯉魚旗今年也活力充沛、自由自在地遨遊。一邊看著鯉魚旗，一邊欣慰著孩子的成長。妳從天堂也能看見我們和鯉魚旗嗎？

今天是母親節，也是我的生日。

我的年紀，已經比妳活著的歲數還要大了。一路以來也發生了不少事，但能走到這一天，全都多虧了妳。謝謝妳。

最近，爸爸經常對我這麼說。

「妳和妳媽簡直是一個模子刻出來的。愛生氣、愛哭、愛笑，還老是囉哩囉嗦的。」

雖然爸爸說話的方式還是一如往常的粗魯，但他在我身上看見了妳的影子，眼底都是淚水。

越來越像妳這件事，令我感到很驕傲。

每次來到妳的墓前，都能讓我擁有「回顧過往的從容」。很不可思議的，甚至「誠實面對自己」都變得容易了起來。

只要來替妳掃墓，心情就會變得很輕鬆。

妳以前曾經說過，「掃墓這件事，乍看之下是為了祖先，其實也是為了自己。」我現在深刻地體悟到這個道理。

盂蘭盆節時，我會帶著兒子們來見妳的。那就下次再見了。

Column

母親節追思書信徵文大賽

來自日本各地 思念離世母親的家書

「母親節追思」合作夥伴成立的初衷，是希望能推廣「母親節追思」這樣的新文化，從二〇一八年開始，舉辦名為「母親節追思書信徵文大賽」的書信徵文活動，並在二〇一九年舉行了第二屆徵文活動。

原本只是個名不見經傳的徵文比賽，徵稿期間短短不到兩個月，但兩次活動下來，從全國各地募集到的書信，竟超過三千封。由此可見，許多人都抱有「想寫信給過世母親」的想法。

徵稿條件：以「致過世母親的一封信」為主旨，字數限制為四百至六百字，以書信格式呈現，並且內容必須是未曾公開、原創且非虛構的作品。然而，在實際收到的投稿中，許多作品都遠遠超出字數限制，可以感受得到寫作者們「一動筆就停不下來」的濃烈情感。兩次活動下來，有七成投稿者為女性。年齡層大多集中於六十世代，但範圍極為廣泛，上至九十世代，下至十世代。可見無論對於哪個年齡的人來說，母親都是極其重要的存在。

郵寄手寫信者仍大有人在

出乎意料的，即使我們身處在數位時代，手寫信也沒有衰退。第一屆以郵寄方式投稿的人數占比63％，第二屆則有43％。當一個人想對已逝母親表達自己的想法和情感時，「想親手提筆寫下來」的欲望，或許會更為強烈。

第一屆書信徵文活動，由歌舞伎演員中村獅童擔任評選委員長，行銷寫手牛窪惠、日本香堂控股股份有限公司社長小仲正克、日比谷花壇社長宮島浩彰等三人擔任評選委員。第二屆的評選委員長則為演員草刈正雄，並由牛窪惠、COOP SAPPORO理事長大見英明、龜屋萬年堂社長引地大介等三人擔任評選委員。請他們閱讀完所有投稿作品後，評選出得獎作品。

兩屆都同樣評選出金賞一名（十萬圓商品券）、銀賞兩名（五萬圓商品券）、銅賞五名（二萬圓商品券），本書收錄了包含獲獎作品在內、共五十封瑰麗優美的信件。

獅童：「母親會永遠活在所有人心中」

在二〇一八年四月所舉辦的第一屆「母親節追思書信徵文大賽」金賞獲獎作品發表會上，該屆的選考委員長中村獅童在講台上朗讀了獲獎作品，當時他透露：「我本來還很擔心要是唸到一半哭出來而唸不下去的話，該怎麼辦才好，幸好最後有順利地唸完全程。」

在朗讀投稿作品的過程中，他把在二〇一三年過世、最愛的母親與自己投射到了作品之上，心中滿懷的思念與情感，也隨著傾瀉而出。

中村獅童接著說道：「我再一次體會到，不只是我，對所有人來說，母親是永恆的存在。我作為一名沒有靠山的歌舞伎演員，母親時時刻刻地支持我、照顧著我，把整個人生都傾注在我身上了。但是，我們只要一碰面，就會因為一些瑣碎的小事起口角，就連最後一餐也是吵架收尾，最後天人永隔。這件事至今仍是我心中的遺憾。

母親還在世的時候，我沒有好好盡孝，所以我的報恩方式就是成為一名被稱為『母親培育的最高傑作』的演員。即使已經去了天國，『母親』這個極其重要的存在，會永遠活在所有人的心中。」

此外，連續兩次擔任評選委員的牛窪惠針對「母親節追思書信徵文大賽之於現代社會的意義」的看法如下：

「現在的年輕人，屬於和家長關係親密的『愛家長族』，但包含社群軟體在內，平時的對話都很隨興。相對的，四十歲以上的人，反而是連『謝謝』也難以啟齒的世代。這些人或許透過寫『信』，才第一次察覺到自己對母親的深切情感。」

舉辦書信徵文大賽的「母親節追思」合作夥伴事務局，也開始如火如荼地籌備第三屆書信徵文活動。今年又會收到什麼樣的「致過世母親的一封信」，又會如何觸動讀者們的心呢？敬請期待下次的活動。

演員・草刈正雄

「即使到現在，碰到煩惱也一樣是母親在無形之中幫助了我。」

草刈正雄擔任第二屆「母親節追思書信徵文大賽」的評選委員長，閱讀了來自全國各地的「致過世母親的一封信」。我們也請在單親家庭中成長的草刈先生，告訴我們關於母親的事。

讀著大家寫的信，我淚流不止。

我本來就是個淚腺發達的人，不論在電視新聞中看到悲傷的事件，或讀電視劇的劇本，都很容易眼眶泛紅，更別提過了六十歲以後，更是動不動就掉淚。尤其這次還是以過世母親為主題的信，我完全控制不了自己，淚腺像是故障了一樣，哭得淅瀝嘩啦的。

這或許是因為我是在由母親與我兩人組成的單親家庭中成長，因此，我和母親之間的羈絆，遠比其他家庭來得深厚。讀信的過程中，不禁讓我回想起已逝的母親。

讀著大家的信，讓我感受到大家和母親之間的羈絆與我相同……不，也許還要更加強烈，許多人不約而同都寫下了「母親還在世時，能多孝順她一些就好了。」我深切地體會到，包含自己在內，大家這份後悔的心情是一樣的。

是父親也是手足，身兼數職的母親

「你這是在做什麼？」

這是母親經常對我說的一句話。

我的父親是美籍軍人，在我出世以前就死於韓戰，母親一肩扛起所有角色，拉拔我長大。在十七歲以前，我一直是和母親兩個人一起生活。

我在福岡縣小倉市度過了年少時期。與其說母親是個典型的九州女人，不如說她是個像男人一樣豪邁的人，只要做了一點壞事，她就會拎起球棒追過來。她就是那麼可怕的母親。

母親可能很擔心我會走歪路吧。不僅如此，因為我的父親是美國人，雖然不曾聽母親提起，但當時的歧視一定比現在嚴重很多。她在日用品的批發店工作，一個女人把我扶養長大，肯定是件辛苦的事。

所以，我完全不敢頂撞這樣恐怖又嚴厲的母親，只能在她不知道的地方悄悄幹些壞事（笑）。相較之下，我更偏向是個黏外婆的小孩，外婆偶爾來玩的日子，總令我特別期待。

寫下「給媽咪」之後的改變

看著大家的信，讓我回想起在小學三、四年級左右，班導師要求全班同學「寫一封信給媽媽」。

其他同學的信件開頭，寫的都是「給媽媽」，但我從小就喊母親「媽咪」，所以也直接寫下了「給媽咪」，當時被同學被嘲笑的畫面仍記憶猶新。不過，我幾乎不記得自己寫了什麼，肯定是寫了些好事吧（笑）。我的字並不好看，因此長大成人以後，幾乎沒有再提筆寫信過，真是個懶得動筆的人。

升上國中以後，我開始想要儘快獨立。

畢竟我的家是只有四塊榻榻米大（約兩坪）的租屋處，小時候倒還無所謂，升上國中以後，要和母親兩個人共用這個狹窄的空間實在勉強。我真的太想離家了，因此，國中三年持續送報打工賺錢。高中時則就讀夜校，白天工作。

我就讀的高中是一所軟式棒球強校，我也曾經參加過全國大賽。

只不過，對於當時的我來說，獨立生活是最重要的事。因此十六歲的我會在練習結束後到小酒館打工，在廚房裡烤魷魚、做炒飯，一路工作到清晨四點。

而正是這間店的店長，為我的人生帶來重大轉機。

「正雄，你長得好看，當模特兒更容易賺錢吧。我來幫你牽線。」他告訴我，博多有間模特兒經紀公司，但男模特兒在博多不好生存，他的一句「去東京發展比較好吧」讓我決定前往東京。

以「做你想做的事吧」送我啟程

當時的我並不清楚模特兒的工作內容是什麼，不過，白天工作的酬勞是一萬九仟圓，加入模特兒經紀公司則可以拿到五萬日圓。我被五萬日圓吸引，便毅然決然前往東京（笑）。

母親沒有挽留我，只說：「你想怎麼做就怎麼做吧。」

現在回想起來，我走了，就只剩母親自己一個人了，當時的她應該不希望我離開吧。啟程那天，幾個朋友來車站送我，對我說：「去吧，好好幹。」我不記得那天有沒有見到母親，或許她是刻意和我保持距離，讓我可以毫無顧忌的出發吧。

不過，我們分開的時間並沒有太長。

到了東京後，我的第一個工作機會是資生堂廣告的演員。我還記得自己當時曾說：「不知道在九州的媽媽能不能看見呢。」

我以此為契機，開啟了演員之路。雖然能不能養活自己都還是未知數，但我忽然想通了，邀母親一起來東京住。到頭來，我們分隔兩地的時間，大概也不過一年半或兩年左右吧。

當我提議要一起住在東京時，母親嘴巴上說：「要在東京生活挺不容易的吧。」但其實心裡是很開心的。

重新和母親一起生活後，以往那些必須自己動手的三餐和身邊大小事，又有母親代勞了，我也因此輕鬆了不少。媽媽果然很可靠呀。或許也是和母親一起生活的關係，後來我的工作穩定了很多。

在我結婚時，我們母子再次分開居住。不過，後來母親罹患癌症，又有糖尿病，身體狀況相當不好。因此，在她於二〇一〇年過世以前，我們又同住了將近十五年。

我還記得當她離世時，我和大家一樣，心頭湧上的全都是「我明明還能為她做更多事」的後悔與遺憾。

母親熱愛電影，是我成為演員的原點

最近我有幸參與電視劇與電影的演出，便時不時都會想，真希望母親還在世時，能讓她看見更多我的這類型作品。

母親是個熱愛電影的人，從小就經常帶我去看電影。她特別喜歡東映出品的時代劇，大家熟悉的中村錦之助、大川橋藏、大友柳太朗等當時的時代劇名星紛紛躍上大銀幕。這些傑出的演員前輩們，間接教會了我身為演員的許多道理與知識。

我一直覺得自己這種洋里洋氣的長相肯定無法在時代劇中登場，

但在因緣際會下，我有幸參與演出，畫面也沒有想像中那麼不協調。之後，我在NHK的大河劇《風雲虹》中飾演忍者一角，這才有了一種自己終於成為國民演員的感覺。

「你這句台詞的說法，是學錦之助的吧。」「這個演技是參考丹波哲郎的吧。」如果母親能看到現在的我，應該會像這樣一一指出來吧（笑）。

母親在無形間，時時刻刻幫助著我

我現在也偶爾會想起母親，尤其是在工作碰到瓶頸的時候，總想大喊「妳幫幫我呀！」並回想著母親的面容，以及從前兩人一同生活的日子。過去都是母親幫助了我，關鍵時刻更是要依靠母親，只有這個人最可靠了。

雖然說了求助的話，但也不是真的要母親說些什麼。只要腦海裡浮現出母親的模樣，就像是被她鼓舞、激勵了一樣，我也能帶著正能量繼續上工。

我也會心血來潮，去看看在東京的墳墓。

到了墳前，我的心情就會變得平靜，身心都像是被充滿了電一樣。每一次總會深切感受到母親的存在、和母親之間的羈絆，感謝之情也隨之湧上了心頭，是母親成就了現在的我。

母親說過的一句話，我銘記至今。

那就是「當個能坦率說出謝謝和對不起的人」。

年輕時沒有特別留意，但隨著年紀增長，我發現保有一顆坦率的心，確實是一件很重要的事。

隨著年紀增長，歷練也會增加，而自尊心也在不知不覺中越來越強，坦率地感謝、坦率地道歉變得更不容易。若能保有一顆坦率的心，那將會多麼瀟灑啊。

從今以後，我也會繼續實踐那些從小被母親叮嚀的事，一想到這裡，感覺母親仍然在無形之中支持著我。而現在的我，在她面前依舊抬不起頭來。

草刈正雄　Kusakari Masao

一九五二年出生於福岡縣。因資生堂的男性化妝品廣告而受到矚目，一九七四年初次參與電影演出。二〇一六年，在NHK大河劇《真田丸》中飾演真田昌幸一角廣受好評，劇中人物死去時，更在觀眾之間引發一波「喪失昌幸症候群」。二〇一九年於NHK連續電視小說《夏空》中飾演對主角小夏來說，如祖父般的存在，也在NHKBS PREMIUM《美之壺》中擔任引路人一角。

五

雖然沒有維持良好關係

家書 28

沒能傳達的心裡話

里美（女性29歲・東京都）

媽媽：

現在回想起來，我從來沒有為妳慶祝過母親節呢。

就連喪禮也沒有出席，我真是不孝的女兒。

我到東京沒多久就辭掉了工作，在告訴妳這件事情時，感覺自己被妳責罵了一番。固執的我就此沒有再回過老家，直到最後一刻我們也沒有和好。

妳一直是最為我著想的人，那時候也只是擔心我而已，我到現在才終於明白了。

對不起，我從來沒有回覆過妳任何一封信。

妳在信裡告訴我：「要是遇見了好對象，就帶回家裡來吧。」

當時沒辦法對媽媽妳開口，但我其實在和同性伴侶交往。

沒有辦法讓妳抱孫，如果妳得知這件事，應該會很難過吧。所以我遲遲說不出口，也不敢回家。

對不起，老是讓妳為我操心。

我突然出櫃，是不是嚇了妳一跳呢？

我好後悔，有好多事情沒來得及告訴妳。希望妳在天國，也能帶著一如以往的明亮笑容，守護我的幸福。

背後的故事

在來信投稿中，有許多人表示，母親在世時，親子關係並不是很融洽。當中也有母子，不過，大部分是母親和女兒。母女之間，似乎更容易因為一些小事起衝突或糾結不已。

里美小姐也是其中一人。

「現在回想起來，我從來沒有為妳慶祝過母親節呢。就連喪禮也沒有出席，我真是不孝的女兒。」

光看信件開頭前兩句，就能對母女之間的關係略知一二。

我們詢問了里美小姐心中的母親的形象，她的回答是：「不計較得失，依感情行動的溫柔的人。」

她也回顧了小時候母親經常唸繪本給她聽的往事。

不過，母女關係一旦鬧起彆扭，就很難找到修復的契機。里美小姐是因為雙方意見常有摩擦，漸漸地，交談次數變得越來越少。

里美小姐在七年前離家前往東京，擔憂的母親每年會寄一封信給她。但她實在沒辦法坦率面對，因此不曾回過信。

「對不起，我從來沒有回覆過妳任何一封信。」

信中更提到「直到最後一刻我們也沒有和好。」

母親逝世至今，里美小姐誠實地吐露出現在的心聲：「就算起了衝突，也應該要多加溝通。」也寫下了給母親的第一封信。

對里美小姐來說，這代表什麼樣的意義呢？

「因為心中有所後悔，寫出來以後輕鬆了一些。」

寫在信裡的這些「沒能傳達的心裡話」，一定也好好傳遞給母親了吧。

或許，這就是邁向和解的第一步。

家書
29

倔強

媽寶（女性42歲・北海道）

媽媽。因為很喜歡、所以很討厭的媽媽。對不起，我是個倔強的女兒。

我和妳住在一起的時光只有短短十八年。升上大學，我就前往北海道求學，而妳則繼續住在老家山形。我湊不出機票錢，沒有常常回家，對不起。如果我不去北海道，我們就能有更多的相處時間，離開了妳身邊，對不起。

可是，妳嚴重酗酒，夫妻倆幾乎天天夜裡都在吵架，這對小孩子來說是很痛苦的事，所以我希望能快點離開家裡。妳會在三更半夜裡哭，難道是看見幻覺了嗎？妳還會像雙重人格一樣，和自己對話，老是抱怨個不停。

我現在四十二歲了，可以明白妳是因為生病，才會過度依賴酒精，會有那些言行舉止也是無可奈何的事。對不起，當時家裡沒有人能體諒妳。媽，妳一個人承受這些事，一定很煎熬吧。

長大之後我才明白當年爸爸外遇成性，雖然是從別人那裡聽說的，但爸爸的外遇，就像是一種慢性中毒。妳一個人獨自煩惱，才會想要借助酒精的力量吧。我不曾試圖去了解妳，明明很喜歡妳卻又擅自討厭了妳，對不起。

不過，也讓我辯駁幾句吧。當時我也有了家庭，孩子才剛出生沒多久，妳時常在半夜打電話給我，真的讓我身心俱疲。心想半夜兩點打來一定是緊急狀況，誰知道卻是酒醉的妳在電話另一頭滿腹牢騷，一次又一次。就算我拜託妳別再打來了也沒有用。結果這六年，我不斷在躲避媽媽妳。對不起。

最後，讓妳孤零零的一個人死去，對不起。

其實我最喜歡媽媽了。最喜歡了。

家書30

妳的壞學生

黃金珍珠（女性46歲・東京都）

母親：

自從您離世以後，我鬆了一口氣。

您總是眉頭深鎖，嚴厲地怒視著我。

沒錯，對您來說，我一直是個壞學生。

用字遣詞、問候、拿筷子的方式……從小您就冷酷而嚴格地教育我，想把我培養成像書裡一樣的淑女。

鞋子沒有擺放整齊就打腿，手肘靠在桌面上就打手肘，吃東西時發出聲響就打嘴。

我一直很羨慕朋友家裡，那種溫柔嬌弱的母親。

逃離您的身邊以後，我嘗試了許多事，邊看電視邊吃飯、買洋芋片來吃、睡到中午，真快樂。

您又想像以前那樣對我發火了吧？但您也做不到了，永遠都做不到了。

您是在還沒有「單親媽媽」這個詞彙的時代裡的單親媽媽。

您一次也沒有說過：「對不起，讓妳感到寂寞了。」

取而代之的是，您所留下來的東西。

您看，這些是您的孫子們。

在墳前舉止合宜，帶著直率而誠摯的心情，雙手合十。

當初您想教會我的事，我終於明白了。

所以我現在想發自內心地說：母親，謝謝您。

六

致宛若母親的那個人

家書31

您的女兒敬上

H．S．（女性61歲．愛知縣）

2018年銅賞獲獎作品

「我呀，一直想要個女兒，但沒有懷上。所以從今以後，小初就是我的女兒了。」

出嫁的時候，婆婆您這麼對我說。多虧您的這一句話，我心裡的不安，一下子就煙消雲散了。

「哇！這個孩子長大後一定是個美女！看看她，長得跟我像極了！」

女兒剛出生的時候，您也高興得不得了呢。而她也如同您的宣告（？），長成了亭亭玉立的美人。

您過世至今已經一年了，還適應那邊的生活嗎？

對了，您有挽著公公的手嗎？

您曾經說過：「我從來沒有挽著老公的手走路過，到了那邊以後，就算來硬的，我也要挽著他的手。」

公公的臉，現在肯定紅透了吧。

您所愛的家人們現在都過得很好，請您不用擔心。

那麼就下次再見了。

備註。

最近您的兒子對我說：「妳越來越像媽了。」

作為一名媳婦，我感到十分光榮。

背後的故事

一提起婆媳，就令人聯想到針鋒相對的緊張關係，但H.S.小姐和婆婆同住了三十年，完全沒有吵過架、或是有過什麼衝突。

「婆婆是個淘氣、愛笑又可愛的人，光是和她在一起就很開心。」信中有一段提到：「我呀，一直想要個女兒，但沒有懷上，所以從今以後，小初就是我的女兒了。」

H.S.小姐的丈夫本來是異卵雙胞胎的其中一個，但另一個胎兒在婆婆臨盆前夕不幸死亡，從此她便無法再受孕。而過世的胎兒正好是個女孩，所以婆婆所說的「我的女兒」並不是場面話，而是發自內心的想法。

其實婆媳倆很相似，甚至發生過一天被誤會成母女三次的趣事。

搭乘計程車陪婆婆到醫院的時候，聽見司機說：「兩位客人，妳們的長相和說話方式都一模一樣，真不愧是母女呀。」她和婆婆忍不住偷笑。後來到了醫院，看診結束時，醫生說：「來，我開了平時的藥，女兒可以到領藥窗口去了。」婆媳倆又是相視而笑。

最後是回到家的時候，丈夫恰巧在玄關前，計程車司機說了一句：「您女婿長得挺高的啊。」兩人終於大笑出聲。丈夫一臉莫名其妙地問道：「有什麼好笑的嗎？」她們解釋了一天被誤認成母女三次的事，結果先生說：「就算我也會搞錯啊。」接著三人一起捧腹大笑。

婆婆在八十四歲因為年紀而過世。前一天傍晚，H.S.小姐還在病房裡向她提議：「等天氣暖和一點，櫻花就會開了，到時候我們一起去賞花吧。明天我還得工作，傍晚再過來。」婆婆也回答：「嗯，小初，謝謝妳。」然而，這卻成為兩人最後的對話。

「最後一刻沒有陪在婆婆身邊，我感到很歉疚。」

藉由寫下這封信，H.S.小姐好好梳理了懊悔的心情。

家書
32

死黨阿良

羊駝子（女性36歲．北海道）

阿良，為什麼妳那麼早就過世了呢？

那是我十九歲、還在上高中夜校時的事了吧。我偶爾會在中午煮烏龍麵，妳總是笑著說「真好吃」，還吃得一臉珍惜的樣子。明明阿良妳是廚師，做的烏龍麵湯頭濃郁，不知道好吃上多少倍呢。有好多讓我難以忘懷的味道。我現在很後悔，當初要是跟妳多學幾道料理就好了。

說到中午，當時有個叫做安住的新人主播，我們兩個人還一起成為了他的粉絲，他現在可是紅到擁有自己的冠名節目了呢。我們這樣，就叫做擁有「先見之明」吧。我好想再和妳一起看電視節目呀。

妳還記得嗎？我的他。

溫柔地握著妳的手，向妳問候的那個出色的人。我們一直交往到現在，下個月就滿十八年了，很意外吧？

許多事一言難盡，不過，即使沒有結婚，我們也是彼此人生中的好伴侶。

如果妳還在世的話，一定會很羨慕吧。「現在這個時代，人人可以自由談戀愛，真好。」

阿良……良枝奶奶您對我來說，既是像母親般的存在，也是我的死黨。

發自內心感謝您一路以來細心地養育我、支持我。

背後的故事

『阿良』是羊駝子小姐對奶奶的暱稱。

母親代替臥病在床的父親，始終忙碌不已地在外工作，同住的阿良則負責照顧孩子與各種家事，因此對羊駝子小姐來說，才會是「既是像母親般的存在，也是死黨」。

過去經營過餐廳的阿良不僅擅長做料理，手也很巧，是個凡事都能妥善處理的人。雖然有時候很嚴厲、不太好相處，但重情重義又溫柔，而且格外寵溺孫女羊駝子。

阿良在過世前罹患了失智症，住進了療養設施。在羊駝子小姐十九歲的時候，死於心肌梗塞，享年八十歲。

她過世的時候，沒有人送她最後一程。羊駝子小姐因為過度的後悔和打擊，陷入重度憂鬱症。

羊駝子小姐說，之所以會寫信，就是想要把當年來不及用言語傳達出去的想法寫下來。

「我覺得轉換成文字後，就能傳遞到天國了。」

現在的她，偶爾還是會回想起和阿良之間的閒話家常。

「我們常常聊戀愛話題，但大多數的時候都是聽阿良在說。」

每次在電視上看見信中提及的安住紳一郎主播，阿良就會建議她：「找對象最好找這種爽朗的人喔。」

或是阿良某一次提起：「其實我沒有和真正喜歡的人結婚。」

她回憶起當時的對話，懷念地說道：「我還記得自己耍脾氣地說：『那樣阿良妳就遇不到我了呀！』」

「溫柔地握著妳的手，向妳問候的那個出色的人。」羊駝子小姐也在信中，傳達了自己的戀情。

家書33

致保健室的媽媽

高奈（女性43歲・埼玉縣）

高中的時候，我罹患了恐慌症。

我一個人背負著沒人能夠理解的煩惱，抱持著最後一絲希望前往保健室，把事情如實告訴保健室的老師。講到一半時，上課鈴聲響起，我起身準備回去教室。

老師您卻說：「話還沒說完呢。下堂課請假吧。妳把細節好好地說給我聽。」想不到老師居然願意設身處地地聽我說！我覺得自己獲得了救贖，眼淚奪眶而出。

高中生活的尾聲，我只要到學校就會去保健室報到。在保健室裡與老師共度的時光，安撫了我的心。最後，我以低空飛過的出席天數，勉勉強強從高中畢了業。後來我和老師通信了一段時間，最後通信也斷了，但那絕對不是因為我忘記了老師。在那之後，我不管做什麼事都是半途而廢。

有一天，我突然得知老師的死訊。原來您已經過世了好幾年，是您的家人在整理遺物時，發現了我寄的好幾封信，才特意通知我的。當初多虧了您的呵護，我才能順利從高中畢業。

雖然我很想見妳，但半調子的自己實在是太令人難為情了。一想到老師會怎麼看待這樣的我，我的眼淚就停不下來。

在那之後，過了將近二十年，我現在是個普通的家庭主婦，很平凡，但也很幸福。如果能夠告訴您的話，我好想這麼跟您說：「老師，現在的我過得很幸福。」

家書 34

奶奶的溫暖

翔（男性45歲・東京都）

奶奶，謝謝妳。謝謝妳收養了我，將我養育長大。

那時候我才十歲，而奶奶妳都六十歲了。當妳的朋友在享受旅遊、學習才藝的時候，奶奶妳卻忙著家事和工作，努力地把我拉拔長大。

我現在可以快樂地生活，全是多虧了奶奶為我犧牲了時間。我也到了這個年紀，可以稍微想像得到奶奶當年的覺悟與辛勞。我打從心底感謝著奶奶，真的很謝謝妳。

對不起，我把沒有媽媽的寂寞發洩在妳身上。對不起，妳特地來參加教學觀摩，我卻覺得是奶奶出席很丟臉。對不起，妳用心為我織了件毛衣，我卻嫌棄太醜而不肯穿。對不起，妳讓我上大學好好讀書，我卻離開了家裡。

我光顧著自己的生活就已經竭盡全力，沒辦法好好回報妳，真的很對不起。帶著我兒子（奶奶的曾孫）回老家住的時候，我們三個還一起睡了一覺呢。因為奶奶很高興地說：「小真（我）小時候經常這樣和我一起睡覺呢。」儘管對大人的我來說擠得不得了，但我還是鑽進同個被窩裡一起睡覺了。

當時因為太害臊而沒有說出來的是，感受著我最愛的奶奶的溫暖，我覺得很幸福。如果能多把握這種時光就好了。

未來的某一天，我去了妳那裡，我們再一起睡覺吧。

奶奶，我現在也一樣很愛妳。

家書35

聊聊天

眉柳（女性49歲．栃木縣）

前略，婆婆：

我一直想著哪天想聊的話，隨時都可以和您閒聊這些小事。在人生的轉捩點上，常常是婆婆您的一句話，拯救了我、鼓舞了我，讓我重新思考，也讓我心裡暖呼呼的。

離過一次婚的兒子說要跟我結婚的時候，您心裡一定擔心得不得了，但您還是說了：「英治看起來很幸福，那就好了。」

英太郎出生的時候，您大老遠趕來醫院，對我說：「謝謝妳生了個這麼可愛的寶寶。」第一個孫子，肯定讓您很高興吧。

聽我抱怨育兒生活時，您說：「養育自己孩子的這段時光是最珍貴的喔。」如今育兒生活接近尾聲，我才回想起您說過的這句話。

本來打算等孩子稍微大一些後，我們可以一起去泡個溫泉，我再親口向您道謝，但是，您卻突然認不得深愛的公公，也認不得童言童語逗大家笑的可愛兒子。

現在回想起來，您的記憶，應該是從最割捨不下的開始消逝。對吧？在為妳擦拭身體、洗頭髮、剪指甲的時候，一邊和妳聊聊天，是既開心又平靜的時光。

現在的我，彷彿還能聽見您輕柔的嗓音。

我們下次再聊聊天吧。

家書36

第二個媽媽

ITTO（女性24歲・愛知縣）

在我體弱多病的時候，

連日住院、父母的工作繁忙，一個人感到悲傷的時候，

明明自己也因為生病而行動不便，光是走路都相當費勁，

卻每天笑咪咪的帶著零食，到病房裡來探望我的昭子小姐。

當時，我沒什麼機會見到父母，也沒辦法和朋友一起玩，

讓我枯燥乏味的日子明亮起來的，就是昭子小姐的笑容了。

因為昭子小姐天天來見我，

告訴我許多我所不知道的事，
唸了好多本書給我聽，
教會了我許多好玩的遊戲，
我才能忍受痛苦的治療和孤獨。

即將出院的那陣子，換我經常到昭子小姐的病房去呢。
不過，當我出院後再回去探病時，得知昭子小姐已經過世了。
昭子小姐或許只把我當作住院的一個小孩子，
但對我來說，昭子小姐就像第二個媽媽一樣。

但願我能再見到昭子小姐一面。
到時候，請讓我好好盡孝作為回報吧。

家書 37

會員No.0001

遙里（女性26歲・東京都）

「媽咪老師。」

妳好嗎？

我現在已經結婚，還懷上寶寶了。

自己有了孩子以後，想到的是媽咪老師給予的許多愛意。

單親家庭的我，在出生後沒多久就被送去媽咪老師剛成立的幼兒園。

第一號園童！「會員No.0001」。一直是我小小的驕傲。

「妳和其他小朋友不一樣，比我自己的孩子還可愛！」

媽咪老師經常對我這麼說。

妳會帶著最喜歡壽司的我和母親去壽司店，在我升上國小的時候，還買了書包給我。

「等妳結婚的時候，我就把最寶貝的鑽戒給妳。」

妳還說過這樣的話呢。

成年禮時，妳看見我穿振袖的模樣，還喜極而泣了。

一直以來，我接受了妳滿滿的愛情，無法在信中一一提及。

在妳生前，我沒能說出口的話。

謝謝妳將我養育成人，從媽咪老師那裡得到的愛，我會加倍傾注在自己的孩子身上，希望妳能繼續守護著我們。

孩子出世以後，我會去媽咪老師的墳前打聲招呼的。

背後的故事

遙里小姐出生後沒多久，便被託給幼兒園，而媽咪老師正是擔任幼兒園園長的老師。遙里小姐是「會員No.0001」的第一號園童，所以受到了特別待遇。

母親一個人獨自撫養遙里小姐和哥哥，工作十分忙碌。媽咪老師和遙里小姐兩個人經常一起出門、帶她去吃飯，兩人的關係已經超越師生，度過了一段宛如母女的時光。

「直到國中為止，就算沒什麼事，我也經常會去幼兒園看媽咪老師。一回神才發現，我們總是在一起。」

兩人的年齡差距很大，幾乎是孫女與祖母，而無論遙里小姐怎麼胡鬧，媽咪老師也只會說「妳在搞什麼呀」然後笑著原諒她。媽咪老師是個深受孩子們喜愛的老師，也是個熱愛菸、酒、電玩的人，她比男人更能幹，又充滿人情味。對於沒有父親的遙里小姐而言，她也是個像可靠父親一般的存在。

然而，離別總是猝不及防。

媽咪老師坐在家裡的床上看電視，等到家人察覺時，已經沒有了氣息。

當時的遙里小姐剛出社會第三年，在工作中接到噩耗時，泣不成聲。

「那時給職場的人添了麻煩。」

當下，她腦海裡湧現的是滿滿的後悔，「為什麼我沒有更頻繁地去見她呢。」

「這件事提醒了我一個理所當然的道理，就是在還有機會親口傳達的時候，一定要好好地把心中的感謝說出口。」

她將道不盡、說不完的情感，總結在這封信裡。在寫信的過程中，也深刻地感受到將語言轉換成文字傳達出去，是一件很重要的事。

「今後我打算好好寫信給身邊的家人。」

家書 38

一直陪在我身邊的人

皐月（女性19歲・愛知縣）

雖然不是我的媽媽，但從我來到這個世上，一直陪伴在我身旁的奶奶，就像媽媽一樣的存在。

從小妳就經常出席我的學校活動。

我在社團比賽中獲得第一名時，妳比所有人還要高興。成績不理想的時候，妳也會輕撫我的頭，不停地誇讚我：「妳很棒！妳很努力了！」

心裡有不愉快的時候，妳也總是陪在我身邊。

我為了孩提時的夢想而決定上專門學校時，妳也全力支持著我，甚至拿出至今為止的積蓄，送我啟程。「在那裡也要好好加油，有空就回來。」

當時，我以想一個人生活作為藉口，但其實是因為違背了和父母之間的承諾，幾乎要斷絕親子關係，好一陣子回不了家。

而在我回不了家的這段時間，沒有人告訴我奶奶已處於病危狀態，我對妳的病情一無所知。

當爸媽突然打電話來時，劈頭就是一句：「奶奶現在很危急，妳立刻回來。」

我哭個不停，心裡很慌。匆匆忙忙地趕了回去，發現妳已經虛弱到不像是我熟悉的那個奶奶。

不過，我一喊「奶奶」，妳就溫柔地笑著喊我的名字。

我說要回去的時候，妳哭得好厲害，妳一定很不安吧，連我都想哭了。

直到妳撒手人寰後，媽媽才告訴我：「妳差點和家裡斷絕關係、不回家的時候，奶奶連自己的身體都不顧，就只擔心著妳：『她在那裡過得還好嗎？有好好吃飯嗎？有聯繫家裡了嗎？』」

我後悔得要命，要是我當初沒做那些傻事，搞到自己回不了家就好了。我想我可能會後悔一輩子吧。

奶奶，對不起。我一定會實現了夢想再回來的，妳要等我喔。

我會帶著好消息回來的。

我好想妳。

上智大學喪慟關懷研究所特任所長
高木慶子教授

「人類具備承受悲傷的『悲痛力』。」

我們應該要如何克服悲傷呢？陪伴許多人面對喪慟超過三十年的高木慶子教授，將提供大家具體的方法。

悲慟、悲傷是從各種「喪失」衍生的情緒。

我認為，人類的一生就是接連不斷的喪失。所以我們必須一直不斷地面對哀傷的事物。這包含親朋好友的死別，也適用於與朋友或情人鬧彆扭的不連絡或失戀。細心照顧的植物枯萎、失去疼愛的寵物，甚至因為企業重組而失去工作，也是一種喪失。終有一天，我們也不得不面對自己生命的逝去。

觀察起來，當我們失去了維持內心安定的東西時，悲傷就會隨之而來。

在所有類型的喪失當中，失去孕育自己的母親，或者失去如母親般視如己出地疼愛自己的存在，那都是無可比擬的巨大悲傷。

我們是在母親懷胎九個月下誕生到這個世上的。大家知道「子宮」這個詞的意義嗎？如字面上，那是一個對孩子來說，最安全、最溫和、最舒適，宛如「宮殿」般的地方。作為人類的起源，像故鄉一樣的存在，這就是母親。

世上恐怕沒有比失去這樣的存在，更令人痛苦的喪失了。

被迫獨自面對悲傷的時代

在過去的日本，療癒悲傷的管道在日常生活中觸手可及。比方說，大多數的家庭都是大家庭。每個人擁有許多兄弟姊妹，祖孫也會生活在同一個屋簷下，此外，還有左鄰右舍的街坊情誼和地緣關係。在這樣的環境下，周圍總是多少有人可以溫柔地分擔自己的悲傷。

然而，戰後不久，家庭結構逐漸往核心家庭轉變，最近單身者越來越多，也少了與鄰里之間的互動。不知不覺中，人們必須獨自面對悲傷。這是一件相當難熬的事。

另一方面，人們漸漸不在家中照顧家人，直接面對死亡的機會越來越少。遺憾的是，生死觀念也逐漸空洞化，人們視「人終將一死」為理所當然的事，卻無法切身思考。大規模的災難在世界各地頻繁發生，突發意外和事故接連不斷。而當至今為止毫無真實感的「死亡」，沒有預警地被推送到自己面前時，帶來的是倉皇無措、令人深受折磨的龐大不安。

這是個艱難的時代。必須獨自承擔、卻忍受不了重荷，因而無法克服悲傷的人，比起以往來得增加許多。

我所創立的喪慟關懷研究所，就是因應這種社會需求而誕生。二〇〇五年，JR西日本福知山線脫軌事故造成一〇七人死亡。我為了關懷沉浸在悲傷之中的遺族，特別開設「理解悲痛」的公開講座。二〇〇九年也藉此機會，在兵庫縣聖湯瑪士大學開設日本第一所專門研究喪慟關懷的學術機構「喪慟關懷研究所」，並於隔年移交至上智大學至今。

除了理解悲痛，研究所也有志於培養可以陪伴並治癒悲傷者的專業人士。

悲傷是極其自然且正常的事

遭遇喪失的人會感到悲傷，是再自然不過的事了。

失去摯愛的當下，人們都會痛苦得喘不過氣，甚至出現悲傷得無法進食、難過得無法入眠的症狀，但這些都不是病態的現象。

當悲傷在身體裡四處流竄，有時候已經欲哭無淚。沒有辦法接受「死亡」的現實，悵然若失到無法處理工作和家務，身體也動彈不得。這種狀態的持續時間因人而異，短自一個星期，有時候甚至會持續一個月或一整年。

在「衝擊期」過後，就是試圖接受現實的「喪失期」。人們會止不住淚水，甚至埋怨逝世者「為什麼丟下我一個人？」此外，還會出現「我沒為他做到那件事」的後悔，以及「他是因為我而早逝」的罪惡感。懇求寬恕、發洩無處宣洩的憤怒、感到孤獨而嚎啕大哭、陷入椎心的自責或無法抑制的焦躁中……。人們擁有的所有負面情緒，都接二連三傾瀉而出。

這些是無論我們怎麼細心關懷、傾注所有醫療資源，都無法控制得了的情感。

漸漸地，這些混雜的情緒會隨著時間流逝而消失，人們開始可以發自內心的道出感謝之意，稱之為「恢復期」。

在克服喪失、並建立起全新的自我與社會關係的過程中，會發掘出自己與故人之間的新關係，逐漸變得能夠情緒舒坦地懷念，與溫柔地思念故人。

不過，請讓我把話說在前頭。悲傷是屬於非常個人的情緒，每個人的情況皆有不同。病逝、意外死亡、自殺或罹難，逝世者的死亡方式不盡相同，情緒的矛頭指向，也會取決於是天災或人禍。此外，即便是親母子，也會根據生前的關係而有所不同。

雖然我曾寫過關於悲痛的書籍，也在大學裡授課，但針對「悲痛是怎麼一回事」，仍然只能說明一個粗略的概念。

有方法可以克服悲傷

每個人的悲傷都有所不同，因此，療癒悲傷的方法不會只有一種，而且面對不同的人，也需要不同的關懷方式。想從悲傷中重新振作起來，最重要的第一件事，就是不要否定自己的悲傷，並且讓自己接受現狀。

死別的悲傷，證明你有多麼地愛這個人。對於喪失對象的情感有多深厚，我們的心就越容易陷入悲傷當中。失去摯愛的時候，悲傷、痛苦、寂寞、煎熬等各種情緒都會在我們的心中翻騰，我認為此時需要的是完整接受這些情緒。

而接受這些情緒，也意味著表達出這些情緒，每個人都有自己的一套表達情感的方式。

習慣每天寫日記的人，或許可以藉由寫下文字來減輕壓抑不住的悲傷，有人是經由說話來舒緩，另外也可以透過畫畫、寫書法、散步、旅行等來釋放自己的情感。如果在心理狀態良好時，就擁有一些興趣，當陷入悲傷的深淵時，便可以加以運用。

不過，當然有時候會碰到「不知道該做什麼才好」的狀況。

在這種情況下，不妨和周圍的人聊聊，哪怕只是問別人「我該怎麼辦？」心情也會變得比較輕鬆。找個願意好好聽自己說話的人，即使沒有一起找出解決辦法，對方只要當個聽眾，附和幾句「這樣啊，是喔。」都足以讓你的內心平靜下來。

有時候，對方不見得能給出合適的建議，搞不好還會反過來道歉說：「抱歉，我不是很懂。」不過，一想到「沒有人可以理解我的悲傷」，反而會舒心許多。

如果你是聆聽的那一方，請對對方抱持堅定的尊敬與信任。在喪慟關懷中，最重要的就是尊敬與信任這兩項情感了。

我在參加遺族聚會時，會從一開始便留意，建立信賴關係。人是很敏感的，只要我們尊敬並信任對方，對方也會因為「受到認同」而感到安心，否則可能會覺得受到侮辱或感到受傷。信賴對象所說的話，可以給予對方好幾倍的勇氣。

【圖表】悲傷的變化

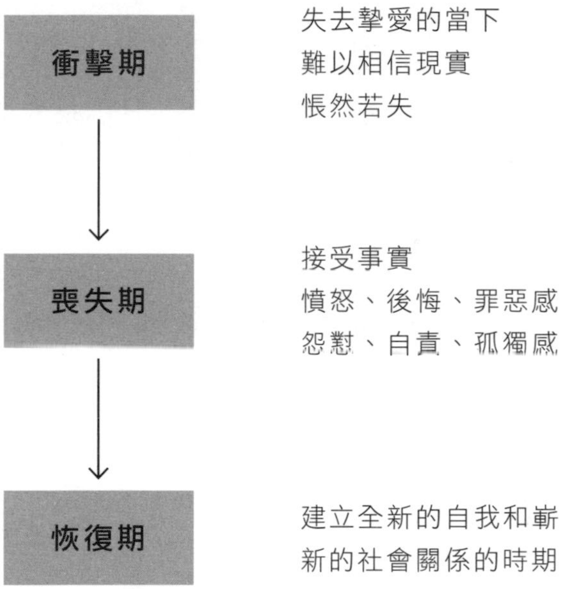
衝擊期
失去摯愛的當下
難以相信現實
悵然若失
喪失期
接受事實
憤怒、後悔、罪惡感
怨懟、自責、孤獨感
恢復期
建立全新的自我和嶄
新的社會關係的時期

透過寫下「對不起」來和好

「寫信」是一種擺脫悲傷的好方法。

我們不但可以在寫信的過程中梳理自己的心情，也能讓原本動彈不得的沉重心情或被撕裂的心，變得輕鬆許多，傷口也會隨之癒合。

如果收件人是逝世的母親，那麼，這可能成為你再次發掘自己對母親的愛的契機。相反的，也可能是再一次確認母親生前有多麼愛護與呵護自己。

家人是非常親近的存在，因此，我們很難看見整體樣貌，容易忽略對方的優點。就像是一幅再美麗的畫作，在太近的距離觀賞，就無法理解它真正的美。而死亡在某種程度上拉出了距離感，讓至今為止沒有放在心上的美好，從記憶中浮現而出，並透過書信這個方式得到紓解。

我特別想將這種方式，推薦給生前與母親相處不融洽的人。

如果在關係不順的狀態下天人永隔，心中會積累各種罪惡感，宛如黑色岩漿般不斷膨脹。就這樣飽受煎熬、坐立難安，這就是為什麼需要提筆寫信，將所有罪惡感一口氣吐露出來。

「媽媽，多希望我能為妳做這件事。」

「多希望我能這樣和妳相處。」

在寫信的過程中，將反省自己的言行舉止：

「啊，原來是這樣啊。」同時會意識到自己不曾完整表達的真實感受。

最後，道歉的那一句「對不起」，會發自內心地流露出來。已故的母親，一定會收到這句話。這樣一來，就能達成真正的和解了。

就某層面來說，面對悲傷，或許等同於面對自己。

我相信人類原本就具備承受並適應任何悲傷的能力，喪慟關懷不過是協助人們發揮出這股力量而已。

母親去世的當下，深刻的痛楚會排山倒海而來，但請不要太過擔心，你和所有人一樣，終究能平復這樣的悲痛。
因為我們每個人，都擁有與生俱來的「悲痛力」。

高木慶子　Takaki Yoshiko
一九三六年出生於熊本縣。在十二個兄弟姊妹中長大，畢業於聖心女子大學文學部心理學科，取得上智大學神學部碩士學歷。宗教文化博士。
現為上智大學喪慟關懷研究所特任所長。國內喪慟關懷領域第一人，擁有三十年以上臨終照護及喪慟關懷經驗。每月第一、三個星期六上午會針對自殺者遺族談論「過多少年也一樣難受」的主題。出版著作數本。

七

從悲傷之中
邁出步伐

家書39

說給媽媽聽的生活趣事

銀太（男性28歲・山形縣）

媽，我已經有三年沒喊這個詞了。

我原本以為這個詞再也不會派上用場了，看來那還是很久以後的事吧。

當醫生告訴我，妳罹患子宮頸癌的時候，我完全無法相信。

即使妳的遺體就在面前，我還是沒有妳已經離世的實感。

喪禮後三個月左右，妳的死亡才逐漸像是真的。

其實我偶爾也想過，要不要去見妳。但我並沒有那麼做。

因為，我沒有什麼生活趣事能夠跟妳分享。

如果我現在死了，就算與妳重逢，至今為止的所有事情，我們彼此都一清二楚，對吧？

今後我會努力生活，好在將來能帶著更多生活趣事去跟妳分享。

所以，請妳再等我一會兒。

雖然我能分享的，不全然都是好事，但到時候妳還是都聽我說吧。

在那之前，請妳就在那邊守護著我。

那麼，下次見啦！

背後的故事

銀太先生的母親罹患了帕金森氏症，在十九歲至二十五歲的日子裡，他都在照顧母親。

照護生活相當辛苦，不過，對於銀太先生這樣的獨生子來說，能與最愛的母親共度的日子，是無可取代的珍貴時光。

然而，屋漏偏逢連夜雨，母親又不幸罹患了子宮頸癌。

「當醫生告訴我的時候，我完全無法相信。」

他在信件中吐露了當時的震驚與悲傷，最後母親就這樣撒手人寰，享年六十三歲。

「喪禮後三個月左右，妳的死亡才逐漸像是真的。」

銀太先生回想起當時苦惱的自己，甚至動了「去見母親」的念頭。不過，最後因為「沒有生活趣事可以分享」而打消了念頭。

現在他任職於當地的大型企業，努力生活，盡可能充實自己的生活趣事。他從悲傷之中踏出嶄新的一步。

但也因為母親是個不可或缺的存在，時常會忽然想起，陷入思考中。於是他透過提筆，想將這樣的心情劃出分界點。

「試著將想法轉換成文字後，心裡的陰霾也稍微消散了一些。」

他也表示，希望其他人可以更瞭解自己的母親，而透過寫信這個管道，心願算是實現了。

不過，想見母親的心情，不僅沒有消失，反而更加濃烈了。

銀太先生再次感受到，這一份掛念或許會伴隨他度過下半輩子。

家書
40

更亮眼的笑容

微笑（男性54歲・愛媛縣）

2018年銀賞
獲獎作品

媽媽：

我實在是太想親手寫一封感謝信給妳了，於是在稍微還能動的右肩上，拉了三十公克的重物施加壓力，並請人製作了一個裝置，用來支撐我抬不起的手臂。為了避免手裡的筆滑落或移位，我請人用繃帶，將筆層層纏繞在我動不了的手指之間。

謝謝妳含辛茹苦，二十四小時無微不至地照顧全身癱瘓的我。

謝謝妳在我紅著雙眼掙扎著想要尋死時，握著我動彈不得的手，不斷支持、鼓舞著我。

多虧有妳帶給了我笑容，現在好多人會誇獎我的笑容很好看。

現在的我，唯一能孝順妳的方式，就是活得更長、更久，讓自己的笑容更加耀眼。

下次見到妳的時候，妳的年紀就比我還小了吧。

那時候，妳願意和我約會嗎？

世界上我最愛的媽媽。

真的、真的、真的很謝謝妳。

家書 41

做炸雞塊給妳吃

彌哉（男性30歲・福岡縣）

「不好吃。」

媽，我沒想過做料理是一件這麼困難的事。

「麻煩死了。」

我沒想過晾衣服是一件這麼費時費力的事。

「燒焦了。」

熨燙衣服真不容易，我的襯衫平時總是那麼服服貼貼的。

我今年三十歲了，妳離世至今兩年，我終於具備了一般人的家事能力。

雖然我煮的馬鈴薯燉肉，還遠遠不及妳的手藝，但我對炸雞塊還蠻有自信的喔。

對了，換個話題，其實我有件重要的事情要宣布。那就是今年夏天，我即將和交往對象結婚。

好不容易學會做家事了，希望可以幫上我太太的忙。

我現在是個有家庭要守護的男人，到妳那邊或許是很久以後的事了。妳就隨便做點馬鈴薯燉肉等我吧。

到時候一定要讓妳嚐嚐我做的炸雞塊。

那今天就先寫到這裡，我會再寫信給妳的。

媽，謝謝妳。

背後的故事

彌哉先生出社會後，一個人獨自生活。

因為是一個人過日子，生活周遭大大小小的事都得自己來。實際動手做之後，才知道做家事的辛苦，也重新體認到過去總是輕而易舉地完成所有家事的母親的辛勞。

「媽，我沒想過做料理是一件這麼困難的事。」

「我沒想過晾衣服是一件這麼費時費力的事。」

「熨燙衣服真不容易，我的襯衫平時總是那麼服服貼貼的。」

不過，彌哉先生做著不熟悉又不擅長的家事，有種間接在和母親對話的感覺。

他在信中提到，「我終於具備了一般人的家事能力」，也是在向母親報告自己的成長。

唯獨在料理這方面，他遠遠不及母親。

「馬鈴薯燉肉和蛋包飯是母親的拿手菜，我覺得自己永遠也比不上她做料理的好手藝。」

不過，在這當中，他還是學會了得意料理：炸雞塊，甚至還補上一句：「一定要讓妳嚐嚐。」

他也提及母親臨終前，自己並沒有陪在她身旁。「當時我沒有辦法待在她身邊，還是透過父親的一通電話才得知消息。」

雖然彌哉先生身陷於矛盾、後悔、悲傷等各種情緒之中，但這封在兩年後所寫下的信裡，可以感受得到他正告訴母親：「放心吧，我很認真在生活著。」

家書 42

媽媽，妳可以放心了。

友永美佐子（女性68歲．大阪府）

和（看得見的）媽媽永別以來，已經過了十個年頭。

我還沒有來得及好好孝順妳。孤單一人的那兩年，我被懊悔與自責壓得喘不過氣，什麼事都做不好。

當時的我整天足不出戶，徒然讓自己的身心日漸衰弱，看著照片裡文靜地微笑的您，就忍不住轉移視線。在這樣反覆循環的日常裡，某一天，我突然醒悟了。

這樣的我，一定會讓母親很傷心的。

天底下沒有一個父母，是不期盼孩子得到幸福的。

如今，我唯一能盡孝的方式，就是作為母親的孩子，作為母親深愛的女兒，幸福地度過每一天。

因緣際會下，我現在工作的大樓，恰巧可以看見我們倆最後告別的那座大醫院。

我工作的地點是位於八樓的餐廳。

每到休息時間，我總是會在陽台上向妳說話。

「媽，我每天都很快樂地工作著。」

店裡的年輕夥伴，都是好孩子呢。我現在還去寫作教室上課呢。每天都過得非常充實。

現在，是我頭一次像這樣如火如荼孝順妳的時刻。

媽媽，我這麼想也沒關係吧？

背後的故事

離開家裡時，說聲：「我出門了！」回到家裡時，說聲：「我回來了！」

即便母親逝世將近十個年頭，友永美佐子小姐的這個習慣仍然沒有改變。在兩人長年共同生活的家中，母親彷彿依舊存在。

不過，她已不再像從前那樣，沉浸在回憶之中。

為了發掘全新的自我，她開始到寫作教室上課，發現了寫作的樂趣所在，並十分熱衷。

她面帶笑容地說：「其實以前我並不怎麼喜歡寫字，但現在，只要將想法轉化成文字，就會接二連三的湧出更多想像，令我感到雀躍。」

而她認為，讓母親看見自己充滿活力地享受著現在的生活，就是最好的孝順了。

有十年的時間，友永小姐都在自家照顧罹患心肺疾病的母親，直到醫生告知母親的狀態已不適合居家照護，才辦理了入院手續。母親過世當天，她接獲院方的聯繫。在她趕到時，母親已經呈現昏迷狀態，她平靜地陪伴母親走完最後一程。

友永小姐與母親感情十分要好，而且長年來都親密地一起生活。因此，母親的逝世帶給她沉重的打擊，使她遲遲無法振作。她的情緒過度消沉，周圍的人甚至擔心她會追隨母親的腳步。

「如同我在信中提及的，我現在的工作地點，可以看見母親過世的那座醫院。剛開始，只要看到醫院我就忍不住流淚。」

不過，想到「這樣的我，一定會讓母親很傷心的。」讓她決定從悲傷之中邁出步伐，現在則是「每到了休息時間，我總是會在陽台上向妳說話。」

友永小姐的母親在臨終前曾問她：「我走了，妳要怎麼辦？」母親十分擔心她會孤單一人的情況。

現在的她，想這麼告訴母親：「已經不用擔心我了。我現在過得很快樂。」

家書43

緊緊擁抱

伊澄奏穗（女性37歲・兵庫縣）

媽媽：

妳經常緊緊地抱著我，說：「啊，多希望時間就停留在這一刻。」

妳將我擁在懷裡時，總是散發著溫暖的味道。

我的心裡也被填得滿滿的。

癌症即將把妳帶往遠方的恐懼與不安，彷彿也隨著煙消雲散。

我很幸福喔。要是能再多向妳撒點嬌就好了。

一定要表現出堅強懂事的樣子……。我想，現在的我，或許不需要再如此哀傷逞強了。

前陣子發生了一件很奇妙的事。小女兒緊緊地擁抱我時，我感受到了：

「啊，多希望時間就停留在這一刻。」

妳就像我愛著女兒一樣地愛著我。我忽然想到這件事，開心地流下淚來。

那一瞬間，我的思念彷彿橫跨時空傳達了出去。母親的愛真是偉大。多希望我還能再和妳說說話。

不過，不用擔心。我已經知道妳確確實實地活在我的心中，我不會再被過度悲哀的情緒所淹沒了。

媽媽，謝謝妳，我愛妳。

家書 44

媽咪留下的寶物

茶（女性22歲・愛知縣）

媽咪：

我過得很好。如果是一般的信，應該要用「妳過得好嗎？」作為開頭，但畢竟得不到妳的回覆，我還是這麼寫吧。

妳過世至今，已經十三年了，當年九歲的我，如今都二十二歲了。而當年還在唸幼稚園的弟弟，現在也二十歲了（雖然最近有點早熟又自以為是）！

爸比最近去了桑田佳祐和濱田省吾的演唱會，玩得很開心（雖然平時不會說出口，但爸比努力扛起我們家大大小小的事，我真的、真的很感謝他）。

至今為止不算短的日子裡，爸比、我和弟弟終於慢慢習慣了三個人的生活，可以開心地聊起妳的回憶，或一起想像如果妳還在的日子。

我個性好強，免不了會和弟弟吵架，不過想起來的都是愉快的生活日常，看看我們吵著想吃最後一口美食的樣子就知道了（笑）。

我也出了社會、開始工作了。發獎金的時候，真希望我們兩個女生可以一起去泡溫泉呢。雖然媽媽妳已經不在了，但妳留下了好多寶物。像是對衣服的喜好、料理的食譜，以及有些朦朧但仍烙印在我記憶中的笑容。這些都是我們全家人非常珍惜的回憶，這點令我感到很高興。謝謝妳把我生下來。

我會在母親節那天擺上妳喜歡的非洲菊的。

P.S. 對了，我最近在衣櫃裡翻到妳以前買的經典包和項鍊，我就擅自收下了。我會好好愛惜的，妳就原諒我吧。

家書 45

第一份，也是最後一份生日禮物

Lil Mii（女性 23 歲・栃木縣）

媽媽，我就快二十四歲了，這也代表著自從妳踏上旅程，已經過了這麼多個年頭。

說來有些不孝，但我完全不記得妳的長相和聲音。我唯一明白的一件事是妳賦予了我「美幸」這個名字，那是我的第一份、也是最後一份生日禮物。

我心中的媽媽的樣貌，是由周圍的人轉述的回憶拼湊而成，就像是用拼圖組成的一幅畫。

直到現在，我觸碰不到妳，也無法聽見妳的聲音。

如果我們能夠重逢，好希望能聽妳喊一聲妳親自命名的「美幸」，而我也想喊一聲「媽媽」。

我至今為止不曾喊過這個詞彙，希望可以帶著滿滿的感謝說出口。

總有一天，我也會生下孩子，年紀也會慢慢超越妳。

不過，無論經過多少歲月，和妳共度的那三百五十五天，是無可取代而且確實「存在」的時光。

取自妳的名字裡的「美」，再加上「幸」字。我會一邊體會著我的名字，一邊活出今後的人生。

媽媽，謝謝妳生我、育我、愛我。

願我的笑容，能傳達給在天國的媽媽。

家書46

連繫下個時代

忍忍（女性47歲・千葉縣）

媽媽，平成年就快結束了。妳肯定會問「什麼是『平成』？」吧。畢竟妳在平成年開始前兩天過世了，不知道也是理所當然的。

那時候我還是個高中生。升上小學以後，我總是體弱多病，我們沒什麼機會一起出門，但那些日常的瑣碎小事，現在都是我大大的寶物。

直到幼稚園為止，妳都會騎腳踏車載我，妳親手做的蛋糕很好吃，妳用拇指公主的布貼為我做了包包，還會教我算數……。

妳過世以後，我從高中畢業、上大學、出了社會。乍看之下是平淡無奇的人生，但沒有妳在的日子，我感到很孤單、很難過，屢屢受挫，甚至動過想放棄人生的念頭，但我還是用盡全力、撐過來了。

即使我再怎麼努力，也不會有人誇獎我。我多麼希望能聽妳稱讚我呀。

我遺傳了妳的體質，所以很害怕罹患相同的疾病，從來不敢想像能夠結婚生子的人生。

不過，在過了妳生病的年紀之後，突然產生了「我還活著，我得結婚生子才行」的想法。雖然起步比別人晚了許多，但我現在擁有兩個可愛的孩子。

多虧有妳，孩子們才能來到世上。謝謝妳。

平成年發生了許多大大小小的事，但是，下一個時代馬上就要來臨。我會好好照顧妳的孫子，將他們教育成好孩子的。

請在天上守護著我們，一起迎接新時代的到來吧。

家書 47

爸爸過得很好

小玉奶奶（女性59歲・福島縣）

2018年銅賞
獲獎作品

前略。

媽媽，妳過得好嗎？

過了一年，妳應該已經習慣那邊的生活了吧。現在是由我代替妳照顧孤單一人的爸爸，這應該是妳最掛念的事情吧。

爸爸一開始連自己的衣服放在哪裡都搞不清楚，也不會加熱白飯，不懂的事情多得一塌糊塗。現在剩下他自己一個人了，他才第一次意識到以前有多麼依賴妳。

一年三百六十五天、每天二十四小時都在他身邊的妳突然不在了，他無精打采了好一陣子，變得沉默寡言。好在有孩子和孫子常來陪伴他，他漸漸地有精神多了。

「之前因為地震暫停了，今年春天再回田裡幹活吧。」

他甚至還說了這樣的話呢。

請放心把爸爸交給我們吧，妳別太擔心了。

還有，神龕前我總會擺上妳所喜歡的季節花朵喔。當然，母親節那天，也會擺上我每一年都會送妳的康乃馨。

所有人都連同媽媽的份一起努力活著，希望妳在天上能守護我們。

不盡欲言

家書 48

老媽，妳也有同感，對吧（笑）？

巴爾波亞（男性49歲．神奈川縣）

2019年銅賞
獲獎作品

媽，妳聽我說啦（笑）。

前陣子，老爸突然傳簡訊跟我說：「明天是舊衣回收日哦。」

我一頭霧水地問他：「什麼舊衣回收？」聽完他的說明後，感到很訝異。

原來老爸參與了一個名為「舊衣回收」的活動，每個月會回收不要的衣服，捐贈到非洲等需要幫助的地方，所以他把妳留下來的衣服捐了出去。

他說：「你媽很愛漂亮，家裡有很多她沒在穿的衣服，我捐出去了。」

雖然老媽妳過世已經十年了，老爸平時什麼也不說，但心裡是感到孤單的吧。直到最近為止，衣服還原封不動地收在家裡呢。

不過，他似乎沒有打算要一口氣全部捐出去，而是要分批一點一點的捐。

一口氣通通捐出去的話，爸爸也許會覺得寂寞吧。

我想像在遙遠的某個國度，可能有人因為穿上了妳的衣服而開心不已，也覺得開心了起來。

而且我還忍不住心想：「老爸還真帥啊！」

老媽，妳也有同感，對吧（笑）？

家書 49

妳的毛衣

毛線（女性64歲・栃木縣）

2019年銅賞獲獎作品

妳還記得第一次跟我要的毛線球嗎？

我提議要用獎金買東西送妳的時候，妳雙眼發亮地說：「我想織毛衣。」

我們挽著彼此的手，踏上黃昏的街道，趕往手工藝品店。

當妳從架上拿起了綠色的毛線球，目不轉睛地盯著看時，你的眼眸宛如少女般清澈閃亮。「太貴了。」我打斷妳的躊躇，立刻買下了足夠織毛衣的毛線球數量。

完成的那件毛衣非常適合妳，我們一起商量後，決定在胸口的地方裝飾一朵小花。

如今，消瘦的妳正穿著那件毛衣，端坐在我房裡的白色櫃子上。從妳強顏歡笑的臉龐中，可以清楚感受到妳當時正忍受著劇烈的痛楚。每當我對著妳的照片點燃線香，胸口就像是被緊緊揪住般。

「當時的妳該有多難受啊……。」

在妳的告別式當天，我將遺物裡的那件綠色毛衣緊緊抱在胸口，忍不住把臉埋了進去。

出乎意料地，毛衣居然還帶著妳令人懷念的味道，彷彿被妳擁進了懷裡。

我像個孩子地喊著「媽媽」，悲傷的情緒如潰堤般傾瀉而出。

媽，那件毛衣至今仍被我小心翼翼地收著，再也沒有拿出來過。

我到現在也還是個懦弱的人呢。

家書 50

成為帶給他人幸福的大人

沙也加（女性15歲・千葉縣）

2018年銀賞獲獎作品

媽咪：

自妳過世以來已經快三年了，在天堂的生活過得還好嗎？妳有見到曾祖母了嗎？

我剛從國中畢業，即將展開下一段新生活。

國中的開學典禮，妳抱著病痛特地前來，我真的好高興。真希望也能在畢業典禮上和妳合照。

過去這三年，我在許多人的支持與照顧下長大了。

比方說，身高。早產的我自出生以來，一直長得很嬌小，但現在我和妳一樣高了喔。如果站到妳身旁，妳肯定也會很意外的。

還有，我慢慢學會做家事了。雖然我沒辦法做得像妳一樣熟練，但我很努力在減輕爸比的負擔了。

當然，讀書也是。經過一番努力，我終於在段考拿到第一名，高中也考上了第一志願。在許多人的幫助下，我才能有這樣的成長。

無論日子過得再怎麼充實，當朋友無意間提及母親的話題時，或在家長座談會上看見大家的媽媽時，我的胸口就像是被猛烈地掐了一把。儘管如此，我能作為妳的女兒而來到這個世界上，真的很幸福。

若有來世，我還想再當妳的女兒。到時候，希望我們在一起的時間能更久一些。

從我出生以來，我們共度了十二年，妳臨終的時候，在妳眼裡的我，是什麼樣子呢？

其實我是想帶著笑容送妳最後一程的，但還是讓妳看見了很靠不住的模樣吧。

不過，別擔心，我已經變得比妳想像的還要強大了。

從今以後，我會一點一點地繼續努力，成為鼓舞他人活著的目標，也成為帶給他人幸福的大人。

媽咪，謝謝妳把我生下來。

背後的故事

「看起來好豪華、好好吃喔。」

沙也加小姐的便當在班上得到了這樣的評價，而這個便當是父親每天特地早起，在上班前親手製作的，而且便當裡還會有三、四種沙也加小姐喜歡的水果。看見便當的朋友會誇讚：「哇，妳媽媽好厲害喔。」而她只一律回覆：「嗯，家長做的。」

沙也加小姐的母親在她國一那年逝世，高中的朋友們並不知道這件事，她覺得難以啟齒，但又不想撒謊，最後只能含糊帶過。

信中也提及她的真心話：「當朋友無意間提及母親的話題時，或在家長座談會上看見大家的媽媽時，我的胸口就像是被猛烈地掐了一把。」

聽說她的母親是個精通所有家事的人，她所寫的育兒日記也記錄得非常詳細，而沙也加小姐從幼稚園開始寫給母親的信也全都被小心翼翼地保留著。母親確實在她身上傾注了滿滿的愛情。

她笑咪咪地回憶起母親：「她在班上一定是那種特別受歡迎的人。」在喪禮上，甚至有遠在北海道或神戶的好友特地趕來。

背後的故事

而她的家庭也失去了宛如太陽一樣的存在。「我沒見過父親哭泣的樣子，所以我也不會哭的。」為了減輕父親的負擔，她開始主動做起打掃或洗衣服這一類的家事。

她經常照顧比她年幼四歲的弟弟，最近也覺得自己看待弟弟的角度，越來越像母親了。

每天早上，沙也加小姐都會對著神龕雙手合十。

「考試前準備不太充分的時候，只要向媽咪祈禱，就會有一種『船到橋頭自然直』的安心感。」

她提及將來想成為醫療相關的研究學者，希望自己能成為「帶給他人幸福的大人」。

代寄書信給已逝者的服務

寫一封充滿對故人思念的信。

你知道有這麼一個收件處，只要寄信過去，就可以為你在不被任何人發現的情況下焚燒這封信嗎？這是一般社團法人手紙寺所免費提供的書信追思服務。

這個服務最初源於位在東京都江戶川區的證大寺，為了方便民眾在不受宗教或宗派的影響下運用，於二〇一九年成立了一般社團法人，成為更有包容力的單位。

法人代表井上城治在談論到寫信的獨特性時表示：「書信和自我完結

性質的日記不同，它有明確的收件人，並且可以透過收發信件，與對方對話。」

他的確信是來自於個人經驗。井上先生的父親所親筆寫下的信件，在逝世約二十年後輾轉抵達他手中。他與父親生前幾乎不曾面對面好好交談過，而這封信成為了開啟父子對話的契機。

「每當我不知道該做什麼，感到迷惘或沮喪的時候，我就會寫信給父親。若他還在世的話，有些真心話我會說不出口，不過，正因為他已經不在人世，我才能坦誠相待。接著，彷彿會聽見他回答：『我也煩惱過同樣的問題，那你真正想要的是什麼呢？』讓我重新找回堅定的自己。」

井上先生笑著說，對他來說，父親逝世以後，兩人之間對話的頻率才提高了。

但是，若將寫好的信原封不動地放在抽屜裡，可能會被他人看見。他認為這樣無法安心寫信，因此才想到了焚燒信件的書信追思服務。並在二〇一七年，於千葉縣船橋市設立了名為「書信處」的設施，作為正式活動據點。這裡備有信紙、信封、書寫文具，打造一個訪客隨時可以在這裡提筆寫信給故人的環境。

「透過寫信給熟悉自己的故人，可以回顧自己的過去，並藉此得到活下去的動力與活力。」

作為「母親節追思」合作夥伴的最新成員，將共同持續摸索書信的無限可能性。

＊書信追思的寄送地址為

手紙寺　〒274-0082　千葉縣船橋市大神保町1306

還記得你的「第一封信」嗎？

本書內容來自於承辦書信徵文大賽的「母親節追思」合作夥伴，為集結大家「致過世母親的一封信」的第一本作品集。

近年來，於母親節為已故母親掃墓的母親節追思文化，正在逐漸擴散。為了悉心推廣這樣充滿溫暖的紀念日文化，不同領域的企業、團體紛紛跨越業界的高牆，攜手合作，並於二〇一七年成立了「母親節追思」合作夥伴。

一開始，成員們以各自的方式致力於母親節追思的普及，不定時交流成果或遇上的課題，以緩慢的合作作為開始。隨著彼此互相理解，一起共同策劃活動的興致也越來越高昂，於是在隔年二〇一八年，首度舉辦了「母親節追思書信徵文大賽」。

不知道大家還記得自己人生中第一次寫信的事嗎？很有可能是在母親節時，搭配圖畫和康乃馨一起送出的，或是寫在漂亮卡片上、彷彿禮物般的信。這應該是很多人的「書信處女作」吧。

那時候，大家肯定感受到，比起從重要的人那裡獲得好意或愛情的證明，讓對方發自內心感到喜悅、並且露出笑容的幸福感，更勝一籌。回想起這些年幼時的幸福體驗，也就可以理解為何在禮品市場的規模上，母親節遠大過於聖誕節了。

在日本，母親節成為國定節日已有七十餘年，對銀髮世代來說，也是自童年起就相當熟悉的節日。現在，這個世代恰巧來到了目送母親離開人世的人生階段，也從首次教導自己「贈與」之喜悅的母親節畢業。

在下一個階段，我們呼籲以「祈禱」代替「物質」的母親節追思，因此聯想到代表母親節原初體驗、同時能乘載思念的書信，對我們來說是很自然的過程。

話雖如此，我們原本很擔心「致過世母親的一封信」這樣直截了當的呼籲，能不能被社會大眾接受。不過，透過中村獅童、草刈正雄、牛窪惠等人爽快答應評選，以及積極為我們宣傳徵文大賽消息的媒體協助，這樣的爭議徹底平息。原本以為可能沒沒無聞的徵文大賽，湧進了熱烈的投稿以及大家對過世母親滿滿的思念，我們想藉此機會，深表謝意。

作為主辦方，我們徹底閱讀了過去兩次活動所提交的所有投稿作品。悲嘆、追念、懊悔、鄉愁……作品的主題形形色色，但讀後的感覺卻同樣地清朗舒暢，令我們沉浸在清新的餘韻之中。這或許是因為每封信都描寫著與母親的過往回憶，並從母親手中接下了生命的接力棒，努力活出自己的人生。無論是現況報告或是表明決心，字裡行間都深切傳達出正面的想法。

珍惜與故人之間的羈絆，絕對不是消極的感傷，而是一種補充「活在當下的心靈糧食」的積極活動。透過這些投稿作品，我們更重新體認到母親節追思有其深度與必要性，並獲得了溫暖的迴響與鼓勵。

最後，僅向參與本書出版的所有人致上由衷謝意。特別是書籍企劃佐藤俊郎，BEST SELLERS的原田富美子、金井洋平、上智大學喪慟關懷研究所高木慶子教授等人的慷慨協助，感激之情難以言表。

同時也向各位讀者表達最大的感謝之意。希望大家對於這樣的活動，能有更進一步的理解與支持。在大家的盛情厚意下，今後合作夥伴全體成員也會持續為普及「母親節追思」盡一份棉薄之力。

二〇一九年八月

「母親節追思」合作夥伴　事務局

「母親節追思」合作夥伴
參加企業・團體
（2019年8月）

株式會社日本香堂

JA集團和歌山

株式會社日比谷花壇

一般社團法人PRAY for (ONE)

一般社團法人全國優良石材店協會

一般社團法人日本石材產業協會

株式會社龜屋萬年堂

株式會社清月堂本店

生活協同組合COOP SAPPORO

Suntory Flowers株式會社

一般社團法人花之國日本協議會

日本郵政株式會社

一般社團法人手紙寺

寫給天堂媽媽的情書

作　　者　母親節追思合作夥伴
譯　　者　林以庭
發 行 人　林隆奮 Frank Lin
社　　長　蘇國林 Green Su

出版團隊
總 編 輯　葉怡慧 Carol Yeh
日文主編　許世璇 Kylie Hsu
企劃編輯　許芳菁 Carolyn Hsu
責任行銷　鄧雅云 Elsa Deng
封面設計　許晉維 Jin Wei Hsu
版面構成　譚思敏 Emma Tan

行銷統籌
業務處長　吳宗庭 Tim Wu
業務主任　蘇倍生 Benson Su
業務專員　鍾依娟 Irina Chung
業務秘書　陳曉琪 Angel Chen
　　　　　莊皓雯 Gia Chuang
行銷主任　朱韻淑 Vina Ju

發行公司　精誠資訊股份有限公司
　　　　　悅知文化
　　　　　105台北市松山區復興北路99號12樓
訂購專線　(02) 2719-8811
訂購傳真　(02) 2719-7980
專屬網址　http : //www.delightpress.com.tw
悅知客服　cs@delightpress.com.tw
ISBN : 978-986-510-015-5
建議售價　新台幣300元
首版一刷　2021年02月

國家圖書館出版品預行編目資料

寫給天堂媽媽的情書 / 母親節追思合作夥伴 著；林以庭譯.
-- 初版. -- 臺北市：精誠資訊, 2021.01
面；　公分

ISBN 978-986-510-128-2 (平裝)

861.67　　109022192

建議分類｜心理勵志・散文